हाँ कहूँ या ना?

कहानी संग्रह

मोहन सिंह रौतेला

अंजुमन प्रकाशन

Title : Haan Kahun Ya Na
Author : Mohan singh Rautela
Published By!
Anjuman Prakashan
942, Mutthiganj, Prayagraj, 211003
www.anjumanpublication.com
anjumanprakashan@gmail.com

Printed and bound in Manipal Technologies Limited, Manipal, Karnataka
Paperback, First published by Anjuman Prakashan in 2022
ISBN : 978-93-90944-76-7
Copyright © 2021 Mohan singh Rautela
Printing rights reserved : Anjuman Prakashan 2022
Cover & Typeset by Anjuman Prakashan

The author asserts the moral right to be identified as the author of this work

This book is a work of fiction. Names, characters, places, and incidents are the product of the author's imagination. Any resemblance to actual persons, living or dead, events, or locales is entirely coincidental.

All rights reserved. No part of this book may be reproduced or transmitted in any form or by any means, electronic or mechanical, and including photocopying, recording, or by any information storage and retrieval system, without the written permission of the Publisher, except where permitted by law.

उन सभी स्नेहीजनों को समर्पित जिन्होंने मुझे पढ़ते
हुए देखकर ये कहा कि तुम लिखते क्यों नहीं हो।

अपनी सफाई में.......

सामान्य मानवीय जीवन की उधेड़बुन को अपने शब्दों से जोड़कर, कहानियों का रूप दिया है।

कुछ-कुछ देखा, कुछ-कुछ सुना, कुछ-कुछ सुना-सुनाया और कुछ-कुछ खुद भोगा व झेला हुआ इन कहानियों का आधार है। कहानियों को कुमाँउनी आंचलिकता में लपेटा गया है।

मेरा मन इस बात को कभी भी स्वीकार करने को तैयार ही नहीं होता कि किसी भी रचनाकार की कोई भी रचना केवल काल्पनिक हो सकती है। ये कहानियाँ सच्ची नहीं हैं तो झूठी भी नहीं हैं!

मोहन सिंह रौतेला

ग्राम व पो. ऑ. नौबाड़ा, तहसील द्वाराहाट,

जिला अल्मोड़ा, 263660 उत्तराखण्ड

मो.- 9654406223

ईमेल- mohanrautela1@gmail.com

स्वपरिचय

26. मार्च. 1983 (लिखित रूप से सभी प्रमाण पत्रों में 05. जून. 1983 अंकित) को उत्तराखण्ड के ग्राम नौबाड़ा, ब्लाक भिकियासैंण, तहसील रानीखेत (मौजूदा समय में तहसील द्वाराहाट), जिला अल्मोड़ा, में एक अति साधारण परिवार में हुआ।

स्कूल जाने की शुरूआत प्रा. पा. नौबाड़ा से की, दसवीं रा. इ. का. उत्तमसांणी से और ग्यारहवीं-बारहवीं में रा. इ. का. ताकुल्टी में विद्यार्थी रहा।

पढ़ाई-लिखाई यहीं तक ही सिमित रही।

कविताएँ, कहानियाँ, उपन्यास पढ़ने में, और साथ ही साथ लिखने में भी रुचि तो पहले से ही थी मगर निजी जिम्मेदारियों के चलते अपनी रुचि को दबाये रखा।

दबाये रखने की वजह से स्वभाव ही संकोची बन गया।

मन में घर कर गयी हिचक ही थी जो स्वरचित कविताओं एवं कहानियों को साझा करने से रोक देती।

साहित्य विषय का ज्ञान रखने वाले मित्रों की प्रेरणा से लिखे हुए, बिखरे पन्नों को इकट्ठा किया।

मौजूदा समय में दिल्ली में रहकर एक निजी कार्यालय में कार्यरत।

स्थाई पता :- ग्राम व पो. ऑ. नौबाड़ा, तहसील द्वाराहाट,
जिला अल्मोड़ा, उत्तराखण्ड 263660
मो. 9654406223
ईमेल- mohanrautela1@gmail.com

अनुक्रम

सबको सनमति दे भगवान

ड्यूटी पर था, जब दोपहर के बाद राधा ने मोहन को मिसकॉल किया था। बिल्डिंग से बाहर आकर पार्क के कोने पर गया और फोन मिलाकर राधा से बातें करने लगा। मोहन फोन पर राधा को समझा रहा था कि उसे ऐसा नहीं करना चाहिए था। ऐसा कहने से बाकी औरतों में और उसमें फर्क ही क्या रह जाता है। समझना चाहिए ...।

ऑफिस से शाम को कमरे पर पहुँचकर भी उसके मन में दिन में हुई बातें ही घूम रही थी। खुद को संयमित करने में लगा रहा। खाना भी बनाया। फिर किचन में खड़े-खड़े ही खाकर ऐसे जल्दी में निबटा दिया जैसे पता नहीं कहीं जाने की जल्दी में हो? दिन में जो बातें राधा से हुई थी उन बातों को सोच-सोचकर उसे खुद पर हँसी भी आ रही थी और शर्म भी। राधा से हुई बातों ने पुरानी यादों को उधेड़ कर रख दिया था। उसका मन धीरे-धीरे करवट बदलने लगा। यादों की परते पेज दर पेज पलटते हुए, वे बातें एक कहानी का रूप धर उसकी आँखों के सामने मूर्त रूप लेकर उभरने लगी।

न जाने कौन-सी रीस लेकर आयी थी। घास की डलिया भी रीस में जोर से पटक दी थी। हाथ की दराती "छानी" के "कानस" में रखकर, चप्पलों की फटफट करती घर के "चौंथरे" में पहुँची तो ढाई-तीन साल का हर्षु "अनहई" लगते हुए अपनी ईजा की तरफ बढ़ने लगा। पान सिंह जो चौथरे में बैठा अभी तक अपने नाती के साथ खेल रहा था, "ब्वारी" को आता देख नाती को उसकी ईजा की तरफ जाने दिया। राधा तो पहले ही "खार खाये" थी। "ब्याखुली बेर", जब घास लेकर आयी थी तब से उसका मुँह फुला ही था। हर्षु को उसने दूर से ही झिड़क दिया "वही रौ बुबु की गोद में, तंग मत कर"। रोते-रोते उसने अपनी ईजा की धोती पकड़ ली थी। दूध पीने की आदत छुटी ही कहाँ थी अभी उसकी। हर्षु को अनदेखा करने में लगी थी राधा। उसके हाथ से अपनी धोती छुड़ा ली राधा ने। मगर जोर-जोर रोता हुआ वो अपनी ईजा के पीछे बढ़ता रहा।

पान सिंह जो अब आँगन की दिवार में लगे खड़े पत्थर पर पीठ टिकाये बैठा था। ये सब सुनकर गुस्से में बोला - "बौत्याती" क्यों नहीं? कब से खेल रहा है। इतनी देर हो गयी। अच्छी बात है क्या? सामने रहकर भी रुलाना। राधा ने अपने "सौरज्यु" की बात भी अनसुनी कर दी। बच्चा रोता ही रहा। राधा अपनी धोती का पल्ला छुड़ाकर गोठ के खन से गागर उठा लाई और पानी के लिये "नौले" को चल दी। गुस्सा तो बहुत आ रहा था। मगर करता भी क्या? अपना गुस्सा खुद ही पी गया पान सिंह। अपनी ईजा के पीछे भागते अपने नाती को गोद में उठा लिया। नाती का रो-रोकर लाल होते मुँह को देखकर उसका भी मन पसीजने लगा। नाती के गालों पर कंचों के सामान आँसुओं की बूँदें उसे ऐसे लग रही थी जैसे किसी ने उसी के कलेजे पर ही वार कर दिया हो और वह दर्द से बिलख रहा हो। नाती का मुँह पोंछकर, गालों पर "भुक्की" लेता पान सिंह नाती को छाती से चिपटाये "चौंथरे" के चक्कर काटने लगा। बहुत कुछ था उसके भीतर जो उबाल सा मार रहा था। गुस्सा बहुत था। मगर क्या कहता औरत जात। ब्वारी। आजकल की निडर ब्वारियाँ। कुछ कहने का मतलब अपनी ही बैजती ही करानी हुई। "खालि बिकार"। गुस्से को अपने ही भीतर घोटता रहा।

राशन के गेहूँ मिलते थे पन्द्रह किलो, वही लेकर आ रही थी देबुली। सिर पर गेहूँ का थैला और एक हाथ में एक पैकेट भी था। बच्चों का मन कितनी जल्दी बदल जाता है। यकीन नहीं होता। अपनी "आमा" को आता देख हर्षु अपने बुबु की गोद से उतरने की जिद करने लगा। आमा से, आ नाती आ, सुनते ही हर्षु अपने "बुबु" की गोद से उतर अपनी "आमा" की तरफ दौड़ गया। पहले "बिसाने" तो दे, ले तेरे लिये चीज लायी हूँ ... देबुली के इतना कहने तक हर्षु ने अपनी "आमा" की धोती का पल्लू पकड़ लिया और उसे साथ-साथ चलने लगा।

...अब हो रहा है तेरे आने का बखत ...गुस्से से आँखें फैलाता हुआ पान सिंह, देबुली से जोर से बोला।

..."खाय रे" .... मैं कोई "बाखली" बैठने जो क्या गयी थी? राशन ले के आ रही हूँ ... "ओर-पोर" के सभी अभी तो आ रहे हैं। आज्जै जा करके

हाँ कहूँ या ना.....?

"घौच्याट" भी तो तुम्ही लगाने वाले ठैरे। वहाँ "औरी" भीड़ हो रही ठैरी। खाली आ जाती क्या? क्या हो जाता है तुमको? घर आते ही पान सिंह से ऐसी बातें सुन कर देबुली खिश्या सी गयी। देबुली ने थोड़ी देर चुप रहकर नाराजगी से फिर आगे बोलना शुरू किया ....ब्वारी आ ही गयी होगी? "चहा" की इतनी ही "टापी" लग गयी थी तो कहते उसको।

...क्या बोलूँ उसको। सुनती भी है कुछ? एक आँखर भी सुनी उसने? उठाया गागर चल दी। "फाम" भी है उसे? खड़े-खड़े ही पान सिंह देबुली से बोलता रहा।

...अब तुम लै चुपे जाओ हो, नहीं सुनती तो ... मैं साक्षी जो क्या हुई उसकी, सिर से थैला "बिसाया" भी नहीं की तुमने "कलाट" पाड़ना शुरू कर दिया। बोलते-बोलते देबुली ने नाती को गोद में उठाया और "चौंथरे" को नापती "छानी" की तरफ चल दी।

साग-पात का तो पहाड़ में भी "बज्जर" ही पड़ा ठहरा। वही आलू ठहरे ... "बजारी"। पतीले में आलू उबालने को रखे थे। स्टील की परात में आटा छान रही थी राधा। उसकी की रीस अभी भी थमने का नाम नहीं ले रही थी। जोर-जोर से बर्तन पटक रही थी। पतली स्टील की परात तो इतने जोर से चटक रही थी मानो जैसे दो टुकड़ों में ही बँट जायेगी।

देबुली ने "अबेर" तक नाती को अपने ही साथ "छानी" में खेलों में लगाये रखा। हर्षु भी छोटी बछिया के साथ खेलता रहा। हर्षु बछिया के गले में बंधी घंटी बजाता तो कभी घास मुट्ठी में भर कर खिलाने लगता। फिर जिद करता दूध निकलने की। और गाय के थनों को खींचने लगता। गाय और बछिया उससे इतना घुल-मिल गये थे कि उसे अपने से खेलने देते। शायद वो भी अच्छी तरह समझते थे कि बच्चा है। बस जरा नटखट और जरा जिद्दी। उसके खेलने पर वो जरा भी हिलती-डुलती नहीं थी। कुदरत ने भी कैसी चेतना शक्ति दी है। शायद गाय भी यही समझती थी कि बच्चे भगवान का रूप होते हैं। "कतैई फ्वाँ" तक नहीं करती थी।

दायें हाथ पर एक छोटी-सी बाल्टी और बायीं तरफ कमर पर बिठाये नाती

को लेकर देबुली पहले "पौर" के "खन" चली गयी। नाती को अपने "बुबु" की गोद में रख दिया। दूध की बाल्टी लेकर चुल्हे के खन चली गयी। चूल्हे के सामने वाली दीवार पर लकड़ी की खूंटी पर बाल्टी टाँकते हुए राधा को आटा गुँथते देख बोली ...ब्वारी ... चुल्हा खाली है तो जरा "चहा" रख दे। तेरे "सौरज्यु" ने नहीं पी "ब्याखुली" से। तुझे तो पता ही ठहरा उनको बीड़ी और "चहा" का कितना "अमल" है।

राधा उबले हुए आलू का पतीला उतार चुकी थी। आटा गूँथ रही थी। चूल्हे की लकड़ियाँ बुझने को हो रही थी। धुआँ भरा था चूल्हे के खन। देबुली आँखें मलने लगी।

...कैसी "चहा" पीते हो? बोलते-बोलते राधा ने पास रखी केतली उठाकर खाली केतली को चूल्हे पर पटकते हुए रखा। आटे सने हाथों से ही केतली का ढक्कन खोला। बगल में रखे लकड़ियों के ढेर पर जोर से चला दिया। आटा गूँथने के लिये पानी से भरे रखे लोटे से केतली में पानी उड़ेलने लगी। थोडा पानी चूल्हे की जलती-बुझती लकड़ियों पर भी गिरी। जिससे और भी ज्यादा धुआँ उठने लगा। राधा के तेवर देख देबुली से चुप नहीं रहा गया।

..."असज" जैसी क्या आ रखी है? कभी तो को आंखर "भली" बुलाया कर। "क्भैं-क्भैं" क्या हो जाता है तेरे को? क्यों "चिंगोरी" रही है? इतना बड़ा क्या कह दिया तेरे को?

राधा चुपचाप सुनती रही। कुछ कहने को बन ही नहीं रहा था। देबुली ने आगे बोलना शुरू किया।

...राशन लेकर आयी तेरे "सौरज्यु" की "झड़कताव" सुनी, ... हैं ... अब तेरी रीस। सबकी रीस मैंने ही सहारनी हुई। मेरा जो कोई नहीं हुआ। "ब्याखुली" तक तो ठीक ही थी। "दगौड़" में ही गयी थी ना घास को? अब "भतेर" आकर कौन सा काल सवार हो गया तेरे सिर पर? बाहर की "रीस-तांस" बाहर ही रख कर आया कर।

"आमा" की जोर की आवाज सुनकर हर्षु भी बुबु की गोद से उठ कर चूल्हे की खन चला गया। वहाँ रौशनी बहुत मद्दम थी। सौ वाट का बल्ब धुंये से काला

हाँ कहूँ या ना.....?

पड़ चुका था। जलती लकड़ियों पर पानी पड़ने से लकड़ियों से आग कम धुआँ ज्यादा उठ रहा था। कम रौशनी, मैली धोती, जरा सी ओट और धुएँ के कारण हर्षु का ध्यान आमा की बजाय अपनी ईजा की तरफ चला गया। सामने रखी आटे की परात जिसमें अभी-अभी राधा ने आटा ने गूँथा था। गेहूँ का और मढुवें का भी। हर्षु हाथ बढ़ाकर आटा निकलना चाहता था। मगर उसके ऐसा करने से पहले ही राधा ने जलती लकड़ी चूल्हे से निकलकर उसकी तरफ कर दी। फिर जोर से झिड़कते हुए बोली ...जा सीधे ... "पौर" जा। ईजा की इतनी जोर की "झड़कताव" से वह धक सा रह गया। एक पल के लिये चुप हो गया। पास में खड़ी आमा ने उसे गोद में उठा लिया। आमा की गोद में न जाने उसे कैसा सहारा सा मिला कि गोद में जाते ही जोर की "चिल्लाट" मारते हुए रोने लगा।

...कभी आयेगी तुझे ... "अकल-मत्ती"? हैं ... ऐसे पालते हैं बच्चे? "बबा हो" ... मुख के माँगे जैसा भगबान ने एक "लिख" जैसा दे रखा है ... "भलै-भलै" दो-चार नहीं हो गये अभी? हो गये औलाद वाले। ऐसे ही पल जाते हैं? छः भाई-बहनों के बीच से आयी है। कैसे रही होगी इतनों के बीच? है कुछ "फाम"? दिया कभी ध्यान कैसे सँभाला होगा ईजा ने? ऐसे ही तेरे को भी "मुछाई ड्याँम" दिया होता उन्होंने भी ... आ जाती अक्कल। सीधे-साधे ईजा-बौज्यू को देखकर कहेगा कोई ... औलाद इतनी तेज जन्मेगी? आँखें मलते, गुस्साये चेहरे, दाँत पिसते देबुली बोल ही रही थी कि राधा बोल पड़ी।

...तुमने तो बहुत अच्छा सिखाया ठहरा अपनी औलाद को? न किसी की शरम, न किसी का लिहाज। आ जायेंगे अभी "धम-धम" लटकते हुए। साँझ पड़े, सब साग-पात लेकर घर आते हैं, ये अड़े रहेंगे दुकानों में। शराबी दगड़ियों की संगत। ज्यू ... तुमने जो दिखाया होता ना बखत पे "मुछाई ड्याँम" तो अकल रहती ठौर पे। आ बाबु ... खा बाबु ... "पुतपुताया होगा नानछिंटां" ... बड़े होकर "तुई" है जो है कह दिया। देखते हो ना ... तुम्हारे ही सामने बीड़ी का धुँआ उड़ाते हैं। बस ... खोली बोतल हो गये शुरू ... ईजा ... एक लोटा पानी दे दे जरा, कहा नहीं कि ... हो च्याला ... लै च्याला ... झट से उठते हो देने को।

देबुली की समझ में अब सारी बातें खुलने लगी। असल में ब्वारी की रीस

और नाराजगी की जड़ क्या है? गयी थी आज लता, उमा, माया के साथ घास को जरूर ही उन्होंने कुछ सुनाया होगा। मोहन का दगड़ भी तो ऐसे ही लोगों के साथ हुआ। इनके ही घर आना-जाना भी हुआ। मगर इस पगली को इतनी "फाम" नहीं "ठैरी" की दूसरे की बातों से अपने घर कलेश क्यों खड़ा करूँ? फिर भी ... जो भी है ... बात तो ठीक ही है। बीड़ी, सिगरेट, अतर, शाराब की आदत अच्छी जो क्या हुई? सब कुछ समझने और अपने में विचार करने से देबुली का सुर नरम पड़ गया।

...न पै ... ब्वारी ... कह तो तू ठीक ही रही है। मगर ऐसे क्लेश करने से तो कुछ होगा नहीं? सौरज्यु ने तेरे कभी शराब को हाथ लगाया नहीं।जब से तबीयत बिगड़ी है बीड़ी भी बंद हो गयी। राधा सासु की बात काटते हुए बीच में फिर बोल पड़ी।

...जब पहली बार ऐसे देखा तो रोका क्यों नहीं? अब वो मेरे सामने भी तुम्हारी ही सह पकड़ते हैं। मैं नहीं बोलूँगी तो मुझे और ज्यादा चिढ़ाने को जोर से कहेंगे ... ईजा ... दो गिलास भी। और लोग बातें सुनाने वाले हुए मुझको।

गुस्से में तमतमाई राधा की बातों से देबुली की आँखें नम हो गयी। नाती को और कस के अपने से चिपटाते हुए बोली।

...अब हमारा तो बुढापा आ गया। वो बड़ा लड़का हुआ। भगबान के "जस" से, पितरों के आशीर्वाद से एक नाती भी हो गया। हमारी दीठ तो अब तुम पर ही हुई। ब्वारी तेरे हाथ जोड़ती हूँ। तू ऐसा क्लेश मत किया कर। हमारे भरोसे तो उसने कभी कोई सुख देखा नहीं। जब से कमाने वाला हुआ तब से हमारे दिन भी फिरे हैं। कमाने वाला भी वही ठहरा और परिवार चलाने वाला भी। सौरज्यु तो अपनी ही तबीयत से घिर गये तेरे। उसी ने दसों ठौर देखना हुआ। मर्द की जात। सभी लोगों के बीच उठना-बैठना पड़ता ही है। अच्छे भी, बुरे भी। ऐसी ही संगत में सीख गया। ऐसे ठहरे हो, यौ गौं के लोग ... बबा हो ... उसी के पल्ले की खा पी जाने वाले ठैरे ... "पिठीम बदक" मार-मार के ... हैं। उन्हीं की घरवालियाँ ... "ब्वारियाँ" ... तुझे बात सुनाने वाली भी हुई ... "बन्नाम" करने वाली हुई।

रवैया राधा का भी ढीला पड़ने लगा। अपना ही आदमी ऐसा हुआ तो ...

हाँ कहूँ या ना.....?

किसी से क्या कहें? "सट्ट सटक के ब्याखुली बेर" ... दौड़ लगानी हुई ... दुकानों की हेर-फेर।

दोनों की मनोस्थिति अब अपनी-अपनी कहकर रुआँसी सी हो गयी थी। आवाज में अब वो जोर और कड़वाहट नहीं थी जो कुछ देर पहले छाई थी। दोनों की बातें हर्षु भी चुपचाप आमा की गोद में चिपटा सुन रहा था। दायीं हथेली से आँखें मलती और नाक से सुड़ुक करती देबुली ने राधा से कहा।

...मैं तेरे हाथ जोड़ती हूँ, अपने सौरज्यु के सामने उससे कुछ मत कहना। मर्द की जात, पिये-खाये में तेरी भली बात भी न जाने क्या समझ बैठे? बेरुठ हो गया तो? ये क्लेश किसी को ... न खाने देगा, न जीने देगा।

जिस बात को दोनों ही पान सिंह के सामने कहने से परहेज कर रहे थे वो उस बात को अच्छी तरह जानता था। पूरे परिवार के संतुलन के लिये उसने इस बात से खुद को जान बुझकर अनजान बना रखा था। यही वजह थी कि वो ब्वारी के बेपरवाह और बेइज्जती करने वाले जैसे व्यवहार पर भी चुप्पी साधे रखने में समझदारी समझता था। असहनीय से भी असहनीय को भी सहन कर जाना, हर बात को ... बस एक नीम का घूँट समझ पी जाना, उसकी आदत बन गयी थी।

राधा को भी जाने कैसे मत्ती आ गयी उसने सासू की बात मान ली। अपने सौरज्यु के सामने कुछ नहीं कहा। मगर जो "मूसौ" जैसा पेट में उठ रहा था उसका क्या करे, कहे बिना भी, रहे भी तो कैसे?

पलंग पर एक तरफ बैठी राधा हर्षु को दूध पिला रही थी और एक तरफ मोहन लेटा हुआ था। राधा धीरे-धीरे कुछ बोल रही थी। उसका वही "मणमणाट"। मोहन को चिढ़ मच रही थी। राधा का तमतमाया चेहरा वो पहचान गया था कि वो अब जल्दी चुप होने वाली नहीं है।

जब मोहन बाजार से लौटकर आया था साँझ पड़े। पीकर तो नहीं आया था। मगर आज भी उसका प्लान पड़ोस के बिशनी बुबु के साथ बैठकर पीने का था।

मगर साँझ पड़े ईजा और राधा की बहस सुनकर सब चौपट हो गया था।

तभी शायद उससे होशो-हवाश में बातें करने के विचार से राधा ने "मणमणाट" पाड़ना शुरू कर दिया था।

कल की बात ... मोहन आम के पेड़ की छाया में, चौथरे की दीवार पर बैठा, हर्षु को अपने पाँवों में झुलाते हुए "घुघूती-बासूती" का खेल, खेल रहा था। तभी पड़ोस के बिशनी बुबु, जो दो घरों के बीच बने खड़नचे के रास्ते पर खड़े थे, उसे पुकारने लगे।

आ मोहना ... दुकान आ रहा है।

...हाँ बुबु ... आप "हिटो" ... मैं आता हूँ अभी, का जवाब दिया था मोहन ने। पान सिंह चौथरे में बैठा "भिमुये" के धागों को सुलझा रहा था। गाय के लिए रस्सी जो बटनी थी। आज भी ऐसा ही हुआ। जब बुबुजी दुकान की तरफ गये तो उसको आवाज लगाई थी। कुछ देर हर्षु के साथ खेलने के बाद मोहन भी दुकान की तरफ चल दिया था।

बिशनी बुबु ने इसी साल अपने लड़के की शादी की थी। मोहन को भी आने के लिये विशेष तौर पर कहा भी था। मगर नौकरी के चलते वो आ नहीं पाया था। जब दोनों दुकान के रस्ते पर मिले तो बिशनी बुबु ने बात छेड़ दी।

...क्यों क्या बात है? तुझे कहा भी ठहरा, फिर भी नहीं आया? क्या नाराजगी है? मोहन उनकी बात का क्या जवाब दे समझ नहीं पाया। दोनों की साँसें चढ़ाई में चलने से फूल रही थी। इसी का फायदा उठाया मोहन ने। ज्यादा कुछ लंबा जवाब नहीं देना पड़ा। बस छुट्टियों का बहाना ही काफी था। दोनों अब तक बाजार पहुँच चुके थे।

बाजार की टूटी, कच्ची, धूल भरी सड़क पर चलते-चलते बुबु जी ने फिर मोहन से कहना शुरू किया।

...नाती ऐसा है ... कहना तो अच्छा नहीं लग रहा, लेनी तो मुझे ही चाहिए थी मगर जेब में "डबल" हैं नहीं। घर पर भी "औंखत" के नाम पर भी बची नहीं है। कोई न कोई आ ही जाने वाला हुआ। कहाँ बचती है? कुत्ते की भी कभी बासी रोटियाँ बचती हैं? कहते हुए एक चालकी भरी जैसी मुस्कान बुबुजी

हाँ कहूँ या ना.....?

के होंठो पर खेल रही थी।

...कैसी बात कर रहे हो बुबुजी, कहकर मोहन ताव में आ गया। उन्हें जीबनदा की दुकान के अन्दर ले गया। जो चोरी से शराब बेचता है। मोहन ने वहाँ से इंग्लिश का एक अध्धा लिया और बुबुजी के हाथ में पकड़ा दिया। बुबुजी ने अध्धी अपने वास्कट के अन्दर की जेब के हवाले कर दी।

...तू देर मत लगाना। मैं अब सीधे घर ही जा रहा हूँ। तुझे रुका रहूँगा। यहाँ दुकान में मत बैठना किसी के साथ। अच्छा जो क्या लगता है। घर में साथ ही बैठेंगे। यहाँ मत बैठना हाँ। घर में क्लेश हो दुकान से ही पीकर आ रहा है करके ...गलत बात है। अपनी बात पूरी करके बिशनी बुबु ढलान उतरते हुए घर की तरफ लौट आये।

मोहन भी जल्दी ही अँधेरा होते ही लौट आया था। घर के पास आकर अपने घर आने के बजाय बिशनी बुबु के पास जा पहुँचा। दोनों के घरों के बीच चार हाथ की दुरी भी नहीं ठहरी। बुबुजी भी इंतेजारी में बैठे ही ठहरे। मोहन के पहुँचते ही बुबुजी ने ... बैठ-बैठ नाती ... कहा फिर अपनी ब्वारी को आवाज दी जो "गोठ" के खन खाना बना रही थी।

उमा ... ओ उमा ... बाबु दो गिलास, एक लोटा पानी दे जा तो अन्दर "चाख" में, बुबुजी "चाख" की खिड़की में से "गोठ" ब्वारी को आवाज देकर मुड़े और अलमारी में रखी अध्धी निकाल लाये। उमा "चाख" में गिलास और पानी लेकर आयी और मोहन के अलावा अपने सौरज्यु के साथ किसी और को न देखकर दंग रह गयी। दरअसल दंग रहने की बात तो उसके लिए जरूर थी क्योंकि कहाँ उसके "सौरज्यु" पिछत्तर के दरमियान और कहाँ मोहन अठठाइस-तीस का ही होगा। उमा पानी और गिलास "चाख" में रखकर चुपचाप चली गयी। उमा "गोठ" की देहरी तक भी नहीं पहुँची होगी कि फिर से बिशनी बुबु ने उसे आवाज लगा दी।

ओ ब्वारी ... ओ ब्वारि ... साग पक गया है तो एक कटोरी में दे जा तो जरा ... हाँ और एक चम्मच भी ला देना।

रिश्ते में उमा, मोहन की चाची लगती थी। उम्र में जरूर छोटी थी। रिश्ता

जो था सो था ही। मोहन ने भी उसी रिश्ते को मान दिया था। अब जब मोहन घर आया था तो उसने पहली बार देखा था और मोहन ने ही उसको हाथ जोड़े थे। उम्र में छोटी होने से उमा उसके सामने जरा सहम सी जाती थी। मगर अभी मोहन को अपने सौरज्यु के साथ अध्धी लेकर बैठा देख उसका सहम जाना जैसे बिला सा गया था।

जब उमा कटोरी में सब्जी लेकर "चाख" में पहुँची उस समय मोहन अध्धी की खत-खत की आवाज के साथ अध्धी को उड़ेलते हुए दो गिलाओं को भरने में जुटा हुआ था। आमा जो अब तक अपनी ब्वारी के साथ गोठ ही बैठी थी ... जाग सी हाँ ... ठैर तू, बोलती हुई सीढ़ियों पर पैर पटकते हुए "चाख" में आ गयी। हाथ में गिलास भी था। उसका क्या इस्तेमाल होना है मोहन खूब जानता था। उसके लिये ये कोई नयी बात नहीं थी।

अच्छा "क्लाट" न पाड़ यार आमा... बोलते हुए मोहन ने उसके हाथ से गिलास लिया और एक तगड़ा पैग बनाकर आमा को भी परोस दिया।

कतैई शरम नहीं हुई हो। सब के साथ बैठ जाने वाले हुए पीने को। न जाने क्या-क्या कह रही थी राधा। मोहन के पल्ले कम ही पड़ रहा था। लेकिन चुपचाप पलंग पर लेटा-लेटा उसका "मणमणाट" सुन रहा था। राधा धीरे-धीरे बोल रही थी। मालखन थे राधा और मोहन, तलखन ईजा-बौज्यू सो रहे थे। मोहन को चिढ़-सी उठी और उठ कर राधा के सामने बैठकर हाथ जोड़कर मुँह बिगाड़ते हुए बोला। अच्छा यार अब चुप हो जा। कल तो कुछ नहीं कहा जब पी कर आया था मगर आज नहीं पी तो चुप होने का नाम नहीं ले रही। चार-छः महीने में घर आया हूँ ... ये नहीं की आराम से ... प्यार से बातचीत लगाऊँ ... बस लगाने लगी अपना "डमडमाट"। मैं कौन सा रोज ही पी-पा के पड़ा रहता हूँ। नहीं पियूँगा बस ... सो जा अब। बोलकर मोहन राधा की तरफ पीठ फेरकर करवट लेकर लेट गया। थोड़ी देर चुप्पी पसरी रही। मोहन उखड़े मिजाज के साथ सोने की कोशिश करने लगा। हर्षु दूध पीते-पीते राधा की गोद में ही सो गया था। राधा ने उसे धीरे से उसकी जगह पर सुला दिया। वो मोहन की पूरी बात सुनती रही थी, बिना जवाब दिये रह जाय कैसे हो सकता था। अब बोलने

हाँ कहूँ या ना.....?

की बारी उसकी थी।

...तुम्हारा मुँह जो क्या हुआ ... "सिटौल" का मुँह हुआ, रात को नहीं खाऊँगा, नहीं खाऊँगा कहना हुआ, सुबह होते ही ... फिर पहले जैसा ही, खाऊँगा ... क्यों नहीं खाऊँगा कहना हुआ। राधा ने इस प्रचलित कथन में होने वाले 'गू' शब्द का इस्तेमाल नहीं किया। पति की इज्जत का खयाल उसने पूरा-पूरा रखा था। हाथ बढ़ाकर बिजली का बटन बंद कर दिया। अब अँधेरा था। दोनों एक दूसरे की तरफ पीठ करके सो गये।

मोहन भले ही सोने की कोशिश में लगा था पर राधा की "सिटौल" वाली बात उस पर सटीक बैठती थी। वो सोच भी कुछ ऐसा ही रहा था।

...ठीक ही होता अगर कल की तरह ही सीधे घर न आकर बुबुजी के पास ही चला गया होता। अध्धी तो आज भी आ ही गयी थी। न जाने कब तक इन्तेजार ही करते रहे होंगे बिशानी बुबु। ... ये तो मुझे बिल्कुल ही पियक्कड़ समझती है। चार-छः महीने बाद घर आया हूँ ... और अब ... शादीशुदा जिन्दगी की उमंग से भरी तरंगित मनोस्थिति पर पानी ही फेर दिया।

राधा की नाराजगी उसकी नजर में जायज नहीं थी। पुरुष होने का कोरा घमंड ही था जो उसके मन को भटका रहा था। राधा की झिकझिक से बीड़ी, सिगरेट, शराब कम तो कर दी थी मगर पूरी तरह छूटी नहीं थी।

कब, किसने, कैसे, क्यों रची होंगी कहावतें ये तो मालूम नहीं। न ही इस पर कुछ कह सकता हूँ। हाँ ... इतना जरूर है कि जीवन में आने वाले उतार-चढ़ाव, हमारे हाव-भाव, व्यवहारिकता और मनोस्थिति को हमेशा ही कहावतें सटीकता से प्रमाणित करती हैं।

....

मोहन और राधा को एक बेटी हुई। बेटी अभी कुछ ही दिनों की थी। मोहन घर आया था नामकरण के लिए।

इसी साल बिशनी बुबुजी भी चल बसे थे। तबीयत खराब ही रहने लगी थी उनकी, एक-दो साल पहले से ही। उम्र भी ... अस्सी के नजदीक ही थे। वैसे मोहन को ये दुःख भरी खबर तभी मिल गयी थी जब वो गुजरे थे। मगर इस बात पर दुखी वो आज ज्यादा था। क्योंकि घर आने पर उसका पीने का एक अड्डा बंद जो हो गया था।

मोहन गाँव आकर न जाने कैसी आजादी का अनुभव करता था। जेब के पैसों को ऐसे देखता था जैसे बिना मेहनत के पाये हों। ताव में आकर अनाप-सनाप खूब खर्च करता था।

बेटी के नामकरण के बाद चला गया था फिर दो महीने बाद फिर गाँव आया, हर्षु का बर्थडे था।

मोहन साँझ पड़े दुकान से ही पीकर आया था। घर आकर चुप ही रहा। राधा को भी जैसे आदत सी पड़ गयी थी। अब उसने भी टोका-टाकी करना बंद कर दिया था। खाना खा कर पलंग पर चुपचाप लेट गया। जब अपना काम खत्म कर राधा बिस्तर पर आयी तब मोहन ने उसकी तरफ से मुँह फेर लिया और नींद में होने का बहाना करने लगा।

उसे नींद आने का नाम नहीं ले रही थी। उसके मन में एक अजीब सी शरम भरने लगी थी। पीकर इस तरह परिवार से मुँह छिपाकर रहना उसको खलने लगा। उसकी आँखों में उसकी नन्ही बिटिया, हर्षु, राधा, ईजा-बौज्यू सभी के चेहरे घुमने से लगे थे। उसे ये समझ नहीं आ रहा था कि आखिर उसने शराब पीकर क्या हासिल कर लिया। जबकि अपने ही परिवार से मुँह फेर लिया। क्या सही, क्या गलत का अहसास जगाने वाला अंकुर उसके मन में फूट चुका था। उसकी आँखों से नींद जैसे गायब ही हो गयी। चिड़ियों की "कल्ल-कल्ल" जैसी आवाजें उसके कानों में पड़ रही थी मगर स्पष्ट नहीं थी। वो "मालखन" था, वहाँ तक आवाजें स्पष्ट नहीं पहुँचती थी। उसे अपने फोन में या उठकर बिजली का बल्ब जलाकर घड़ी देखने की तक हिम्मत नहीं हुई। जब उसकी आँखें बोझिल होने लगी तो उसे सिर्फ इतना महसूस हो रहा था कि रात चाहे जैसी भी बीती मगर नयी सुबह दस्तक दे चुकी है।

हाँ कहूँ या ना.....?

जब उसकी आँख खुली सुबह के नौ बज रहे थे। राधा बैठ के पलंग के नीचे झाड़ू से सफाई कर रही थी। वो झटके उठकर बैठ गया।

...राधा एक बात "सुण" ... अगर में आज से कभी भी शराब पीता दिखूं या कोई तुझसे कहे की मुझे पीते हुए देखा तो मुझसे खूब झगड़ा करना। राधा जो झाड़ू लगा रही थी उसकी बातें सुन कर रुक गयी। मोहन को ताना देने वाले लहजे से बोली।

...क्या हुआ? ... रात की उतरी नहीं अभी भी? तुम्हारी ये "सिटौल" वाली जबान सुन कर मैं तंग आ गयी हूँ। तुम्हें फर्क ही कहाँ पड़ता है। राधा की बातें सुन कर तपाक से बोला।

...ज्यादा भाषण मत दे। जितना कह रहा हूँ उतना ही सुन। "सिटौल-विटौल" कुछ नहीं, जो कह दिया सो कह दिया। मोहन के मुख से क्या निकल रहा है? वो ऐसा क्यों कह रहा है? ऐसा अचानक क्या हुआ जो उसे अब अचानक शरीर, पैसा, इज्जत, परिवार का खयाल आ गया? वह खुद भी, कुछ भी नहीं समझ पा रहा था। मगर राधा इस चक्कर में पड़ गयी की कहीं इन्हें किसी तरह की बीमारी ने तो नहीं पकड़ लिया? तभी मोहन के पास ही सो रही उसकी बेटी जाग गयी। उसने उसे गोद में लिया और उससे खेलने लगा। वो अपनी बेटी को चूमना चाहता था तभी उसे खयाल आया कि रात की पी हुई शराब की गंध अब भी उसकी साँसों में महक रही है।

उस दिन से मोहन ने शराब की बुरी आदत हमेशा-हमेशा के लिए छोड़ दी। अब वो ज्यादा खुश रहने लगा था।

....

ड्यूटी पर था जब दोपहर के बाद राधा ने मोहन को मिसकॉल किया था। बिल्डिंग से बाहर आकर पार्क के कोने पर गया और फोन मिलाकर राधा से बातें करने लगा। मोहन फोन पर राधा को समझा रहा था कि उसे ऐसा नहीं करना

चाहिए था। ऐसा कहने से बाकी औरतों में और उसमें फर्क ही क्या रह जाता है समझना चाहिए ...

ऑफिस से शाम को कमरे पर पहुँचकर भी उसके मन से दिन में हुई बातें घूम रही थी। खुद को संयमित करने में लगा रहा। खाना भी बनाया। फिर किचन में खड़े-खड़े ही खाकर ऐसे जल्दी में निबटा दिया जैसे पता... नहीं कहीं जाने की जल्दी थी। दिन में जो बातें राधा से हुई थी उन बातों को सोच-सोच कर खुद पर हँसी भी आ रही थी और शर्म भी। राधा से हुई बातों ने पुरानी यादों को उधेड़ कर रख दिया था। उसका मन धीरे-धीरे करवट बदलने लगा। मोहन को मन में तह लगाकर रखी हुई एक-एक बात याद आने लगी। अब इस बात को भी वो बखूबी समझता था कि जब तक कोई मन से मजबूत होकर ऐसे विचारों को मन में जगह नहीं देगा तब तक बुरी आदतें ही ताकतवर रहेंगी। जिस दिन खुद पर जीत हासिल कर ली समझो उसी समय से सही रस्ते और सही कर्मों की पहचान दुरस्त करने में सफलता की तरफ बढ़ना शुरू कर दिया है। बुरी आदतों से छुटकारा पाने के लिए अलग-अलग उपाय सिर्फ बहाना होते हैं। इन पर यकीन करना भी उसे खुद को धोखा देने जैसा ही लगता था। सही उपाय तो बस खुद ही खुद के मन को समझाना होता है। मन पर काबू है, तो ही बुद्धि भी सदा उचित मार्ग पर ही चलेगी।

राधा की कही बातों को याद कर मोहन हँसी से बिस्तर पर लोट-पोट होता रहा।

ब्बा...हो, तुम्हारे हर्षु के बौज्यू तो कतैई शरम नहीं खाते हो। मेरे सौरज्यु के साथ बैठ कर पीने वाले हुए। जब शादी के बाद पहली बार देखा था ... बैठे-बैठे "आर्गी" बोतल डकार गये। जब उठकर जाने लगे, नशे में तो थे ही, मुझसे कहने लगे रोटी तो में घर जाकर ही खाऊँगा, साग "चाखि' लिया ठहरा तुम्हारे हाथ का। "ख्श्श" निकाला "खलेत" से बटुआ और सौ का नोट रखने लगे मेरे हाथ में, मैं ना-ना बोलती रही, मना करती रही, तो मेरे सौरज्यु बोल पड़े ... आदर में तो मोहन भी तेरा सौरज्यु ही लगाने वाला हुआ, ना-ना क्या कर रही है? थामती क्यों नहीं? मैंने भी सोचा ... जब ये शराब खाने में फूँक सकते हैं तो मुझे लेने को

हाँ कहूँ या ना.....?

क्या हुआ है? मैंने भी थाम लिए। जब ये बात लता ने राधा को बताई तो उस दिन भी कितना भड़की थी वो मोहन पर।

उस दिन भी तो कितनी ही देर तक बरसती रही थी, राधा मोहन पर।

और उस दिन जब ...

गर्मियों की बात थी। धारे पर राधा कपड़े धोने गयी हुई थी। तभी माया भी पहुँच गयी कपड़े धोने के लिये। माया जो "हियुन" से ही दिल्ली में थी। अब आयी थी। जब दिल्ली में गर्मी पड़ने लगी थी। दोनों में बातचीत शुरू हो गयी। माया ने भी ऐसी ही बात छेड़ दी।

...पता नहीं हो ... इतनी शराब कहाँ रख देते हैं तुम्हारे हर्षु के बौज्यू। दिखने के तो बिल्कुल ही हुए ... "पितिल पट्टू"। आये थे, दिल्ली में हमारे घर। मेरे "भौ" के बडडे में। मैं तो मना ही कर रही थी। माने ही नहीं मेरे "भौ" के बौज्यू। उन्होंने ही कहा, पहला बड्डे है, बुलाता हूँ, अपने दोस्तों को करके। बुला दिया सबको। उनके ऑफिस के भी थे। हो ही गये थे पच्चीस-तीस आदमी खाने वाले। इस चक्कर में छत पर ही टेंट लगाना पड़ा फिर। हमारे वो तो पीने वाले हुए नहीं। बाँकियों ने भी ज्यादा नहीं पी। तुम्हारे हर्षु के बौज्यू तो ... ब्बा हो ... अड़े रहे आधी रात तक। बोतल लेके छत पर। माया की बातों से राधा को चिढ़ मचने लगी। उसने माया को इनती जोर से बोलकर जवाब दिया कि माया भी सन्न रह गयी।

तुम्हारे तो खुद पीने वाले हुए नहीं। दूसरों को घर बुलाओ, फिर शराब पिलाओ, फिर उन्ही की "बन्नामी" भी करो। तुम बहुत अच्छे लोग हो !

कपड़े धोकर जब वो घर पहुँची, सिर से कपड़ों की परात "बिसाई", सीधे अन्दर जाकर फोन उठाया और मोहन को मिला दिया। नमस्कार-पुरस्कार कुछ नहीं। सीधे मतलब की बात पर आ गयी और धमकी भरे लहजे के साथ झगड़ना शुरू कर दिया था।

...देख लेना फिर, अपनी आदत सुधार लो, "एकैफैरें" बताउंगी फिर।

मोहन खुद पर ही हँस रहा था। कुछ-कुछ शर्म को छिपाते हुए अंदाज के

साथ। उसे एक और वाकया याद आ गया।

सर्दियों की बात ... हाँ सर्दियों की ही बात थी। तब राधा भी तो दिल्ली में ही थी।

हाँ था तो इतवार ही उस दिन। तभी तो प्रोग्राम बना था। शाम का बखत था। गली में एक-दो दिन पहले हुई बूँदाबाँदी से कीचड़-कीचड़ हो ही रहा था। जब वो घर पर पहुँचा, चप्पलों की चट-चट से उसकी पेंट, पीछे से पुरी तरह सनी हुई थी। उसकी चाल का बहकना तो बनता ही था। उसे इस तरह बहकी चाल में आता देख राधा ने आव देखा न ताव, लगा दिया शान्ती भौजी को फोन।

...शान्तिदी ... हर्षु के बौज्यू आये थे अभी तुम्हारे यहाँ? राधा की बात का किन शब्दों में जवाब दिया होगा उन्होंने ये तो नहीं मालूम पर जरा खीसयायी जरूर होंगी। मोहन उसे मना करता रहा।

...मत कर-मत कर। क्यों दूसरे के घर भी बबाल खड़ा कर रही है? मगर राधा का तो गुस्सा सातवें आसमान पर था। कहाँ मानने वाली थी। कान से फोन हटाकर मोहन पर ही बरस पड़ी।

...तुमको मजाक लग रही है? बोलते हुए उसने फोन का स्पीकर ऑन कर दिया। अब शान्ति भौजी की आवाज वो भी सुन सकता था।

...अये राधा क्या बताऊँ तुझे अब? दो भाई ये ठहरे हमारे और मोहन "चोर" हो गये। यहीं बैठे थे एक साथ।

...तुम्हें क्या पता कैसे आ रहे हैं हमारे? "घूरीते" पड़ते। "तमान" ... सारे कपड़े भी सान रखे हैं। हाथ-पाँव भी "अमोरी" गये होंगे तो अब होश में आकर ही पता चलेगा। मेरे हर्षु के बौज्यू तुम्हारे यहाँ पीने को बैठे तो तुमने बैठने ही क्यों दिया? या तो अपने घर बैठ के पीने-पाने मत दिया करो या फिर मेरे को बातें ही मत सुनाया करो।

...अये राधा ... हमारे भी तो ऐसे ही ठहरे। किसको जो रोकूँ, कैसे जो रोकूँ? सुनते हैं मेरी एक आँखर भी।

...फिर मुझे क्यों सुनाते हो? घर बिठाकर पिलाना भी हुआ फिर सारे गाँव में

हाँ कहूँ या ना.....?

"बन्नाम" भी कर देना हुआ ... शराबी हो गये हैं शराबी ... बोलकर।

उनकी बातों को शर्म से पानी-पानी होता मोहन सुन रहा था। अब उससे रहा नहीं गया वो राधा से बोला।

...जो कहना है मुझसे कह ... बिन बात के दूसरे के घर बबाल क्यों खड़ा कर रही है?

गुस्से से तमतमाई राधा ने फोन काट दिया। अब जवाब मोहन की बात का देना था।

...तुम्हारा क्या है ... पी-खा के मस्त रहते हो ... तुम्हें पता भी है ... दोनों दिरानी-जिठानी क्या-क्या बातें सुनती हैं मुझे ... कहती हैं तुम्हारी संगत में उनके आदमी भी पीना-खाना सीख गये।

इस घटना के बाद कई दिनों तक घर में अशांति वाली शांति छाई रही थी।

इस तरह के वाकियों में एक और नयी बात जुड़ गयी।

उमा, वैसे तो रिश्ते में सासु लगने वाली हुई राधा की, मगर हमउम्र होने की वजह से वो उसको उमा दी ही कहती थी और उमा भी यही ...राधा दी कहती थी। दोनों यही कहना-सुनना पसंद करती थी। उमा को सासु ... सुनना ऐसा लगता, जैसे वो कोई बड़ी बूढ़ी हो।

दोनों घास काटने भी साथ जाती थी। दोनों के बीच हँसी मजाक भी चलता ही रहता था। बस इसी हँसी-मजाक में ये किस्सा भी छिड़ गया।

...ओ ... राधा दी ... तेरे को तो नींद की 'झप्पैक' सी आ रही है। हर्षु के बौज्यू जो आये ठैरे घर। नींद कहाँ पूरी हुई होगी तेरी?

तेरे भी दिन आयेंगे उमा दी। जब एक तरफ पहले दूधमुँहा बच्चा "लझोड़ेगा" छातियों को फिर दूसरी तरफ महीनों बाद घर आया खसम।

...राधा दी ... तू तो ... कतैई बेशरम हो गयी!

...ले ... अब बेशरम कह ही है मुझे। इतने साल हो गये शादी को ... देख ही तो रही है ... जैसे "छाँ गावने" के लिये टाँगे थैले से जब "छाँ" का पानी

निखर जाता है तो सिकुड़ा हुआ थैला कैसा दिखता है? वैसी ही हालत हो जाती है "जतग्याली" होने के बाद ... समझी?

...अभी तो एक ही हुआ है। कहाँ हो गयी "गाई छाँ" के थैले जैसी?

...तो लेंन जो क्या लगानी है अब।

बात इस तरफ घूम जायेगी राधा को कोई उम्मीद नहीं थी। अब बात का रुख ही बदल गया।

...कैसे रह जाती है वे राधा दी तू ... बास नहीं लगती तुझे? ... जब पीकर आते हैं तेरे हर्षु के बौज्यू।

...औरत की जात हमारी ... क्या-क्या जो बास चितायें। खसम पीकर आये तो शराब की बास, बच्चों का गू-मूत ... उसकी भी चुरैन सहो।

...बुरा मत मानना पर तेरे हर्षु के बौज्यू की आदत तो बहुत ही खराब है। कल बैठे थे मेरे सौरज्यु के साथ पीने के लिये। कहाँ मेरे सौरज्यु पछत्तर-अस्सी साल के और कहाँ वो अट्ठाइस-तीस साल के। कतैई नहीं शर्माते हैं हो। जब में साग लेकर अन्दर गयी तो ... मुँह पर सिगरेट लगा रखी ठहरी और गिलास भर रहे ठहरे।

...मर्द की जात ... तेरे सौरज्यु के साथ नहीं तो क्या तेरी सासु के साथ जो क्या बैठेंगे? तेरा मन भी कर रहा था तो तू भी माँग लेती। तेरी सासु तो पहले ही माँग लेती है गिलास भर के। सौरज्यु-सासु दोनों ने लगा ली अकेली ब्वारी को छोड़ दिया ... हूँ ... अब समझी ... तभी नाराज है तू।

...तू कह रही है नाराज ... मेरे को तो गुस्सा आ रहा था। मैं तो बास से ही मर गयी। तू कुछ कहती नहीं है क्या?

...जब समझने वाला समझेगा तब ना! ... अब जरूर ... तुझसे सीखूँगी ... खसम से शराब छुड़ाने की विधा।

हमारे वो ... जब घर आये थे तो ठीक ही थे। ऐसे जो देखूँगी कभी तो टाँग पकड़कर न "घसोंड़" दिया तो मैं भी अपने बाप की बेटी नहीं।

...ऐसा न बोल उमा दी। कुआँखर न निकाल मुँह से।

हाँ कहूँ या ना.....?

दोनों के बीच इतनी बातों के बाद एक चुप्पी छा गयी। राधा के भीतर घसोंड़ के रख दूँगी वाली बात घर कर गयी। मन में गुस्से का गुबार उठने लगा। उमा की बात राधा को ऐसे लगी जैसे खास तौर पर उसी के लिए रची गयी हो। उसी को चिढ़ाने के लिए, उसे ही ताने देने के लिए। राधा को लगा जैसे उसका आत्मसम्मान छिन गया हो। परिवार से प्रेम, वैवाहिक जीवन के प्रति निष्ठावान ही तो थी वो, जिस कारण उसे अपने पति से जुड़ी किसी भी बुराई से झुकने के कारण उसे गहरी ठेस लगी थी।

तभी तो ...

'ब्याखुली बेर" जब से घास लेकर आयी थी तब से मुँह फुला रख था। न जाने कौन-सी रीस ...।

...मोहन उसे समझा रहा था कि उसी ऐसा नहीं कहना चाहिये था। ऐसा कहने से बाकी औरतों में और उसमें फर्क ही क्या रह जाता है ...।

किस्सा कुछ इस तरह से है।

उमा का पति गाँव आया हुआ था। पियक्कड़ तो वो पहले से ही ठहरा ही। जब उमा और राधा में ये बातें हुई थी तब तो उनकी शादी को कुछ ही महीने हुए थे। साथ में तो बस कुछ गिने-चुने दिन ही रहे थे। उमा के सामने, जैसा की सुनने में आता ही है मर्द खुद को सरीफ और व्यसनों से दूर ही बताते हैं, उसने भी ऐसा ही दर्शाया होगा खुद को। बिशनी बुबुजी, उसके बौज्यू अब रहे नहीं। ईजा का डर किसको? उमा कपड़ों से हुई थी। तीन ही दिन हुए थे। वो "चाख" में एक तरफ अलग बैठी थी। "गोठ" में जगह थी नहीं, "तलखन" चूल्हा और "मालखन डोर-डंगर" बंधे थे। सासू गोठ के खन चुल्हा फूँक रही थी। नशे में धुत्त होकर आया उमा का घरवाला दुकान से। आते ही चाख में अलग, एक तरफ बैठी उमा पर चिपटने लगा। उमा मना करती रही।

...दिमाग खराब तो नहीं हो गया तुम्हारा? दूर रहो कह रही हूँ ... सुनते क्यों नहीं? दाँत पिसते हुए उमा धीरे से फुसफुसाई, ...पागल हो गये हो ... तीन दिन हुए हैं कह रही हूँ मुझे। वो अपनी पेंट कमीज उतारने लगा। नशे में कुछ बड़बड़ा भी रहा था। मगर समझ में कुछ भी नहीं आ रहा था कि वो कह क्या

रहा है। बेटे की बेशर्मी से भरी हरकत की आवाजें उमा की सास ने भी सुन ही ली थी। हथेली से अपना मुँह ढँककर वो चुपचाप चूल्हे के पास ही बैठी रही। कहती भी क्या? कुछ समझ ही नहीं आ रहा था उसे। बेटा इस तरह ... ब्वारी पर झपटने जो लगा था।

उसी "टैम" राधा जब गोठ के खन से रोटियाँ बनाकर, आटे से सनी परात अपने चौथरे के कोने पर, "पन्याण" में धोने के लिए लेकर आयी, तो उसे पड़ोस के घर में हो रही हरकतों की आवाज सुनाई देने लगी, दोनों घरों के बीच चार हाथ चौड़े रास्ते भर की ही दूरी जो ठहरी।

बोल-बोल के तंग आयी उमा ने पति, जो नशे में धुत्त था, को धक्का दिया या फिर वो नशे में खुद ही, सीधे दरवाजे के पास जा गिरा। सीधे दरवाजे से टकराया। वो आधा अन्दर आधा बाहर झूल सा रहा था। राधा को तो ऐसा ही दिखा था। आटण तो जरूर ही बन गया होगा उसके सिर पर ...उसे ऐसा भी लगा। वो दरवाजे के पास ही पड़ा रहा थोड़ी देर तक। उमा लाचार सी उसे देखती रही। उसने कुछ ज्यादा ही पी रखी थी। थोड़ी देर पड़े रहने के बाद उसने मुँह उठाया और दरवाजे से बाहर सीढ़ियों की तरफ छलाछल उल्टियाँ कर दी। शराब की उल्टियाँ ... बहुत तेज बदबू आने लगी। उमा पति का हाथ पकड़ कर, सीढ़ियों पर फैली उल्टियों पर पाँव रखते हुए चौंथरे में ले आयी।

उसकी सासु जो गोठ के खन अब तक छुप कर बैठी थी अब गोठ की देहरी पर खड़ी, कुछ "मणमणाती" हुई सब देख रही थी। आखिर बेशर्मी की भी तो हद हो गयी थी।

उमा ने बाल्टी से एक डिब्बा पानी लिया और उसका मुँह धोने लगी। उमा ने देख लिया था कि अपने चौथरे में खड़ी राधा ये सब देख रही है। दोनों घरों के बाहर लगे बिजली के बल्ब जल रहे थे। रौशनी बिल्कुल साफ़-साफ़ थी। शरम और बेइज्जती से उमा का मुँह लटक गया था। सीढ़ियाँ साफ़ करने को जब उसे रद्दी, कोई गंदा कपड़ा नहीं मिला तो वो जल्दी से तार में सुख रहे अपने पेटीकोट को ही ले आयी और फिर सीढ़ियाँ पोंछने लगी।

राधा को उसी की कही बात याद आने लगी थी। वो अपने आप में ही कहने

हाँ कहूँ या ना.....?

लगी ... अब पता चल रहा है कैसे घसोंड़ा जाता है खसम? अब है अपने बाप की बेटी? तब तो बड़ी कहती थी देखूँगी तो टाँग पकड़कर घसोंड़ दूँगी। अब अपने बाप की बेटी ... उल्टियाँ साफ़ कर रही है।

राधा ...।

इन बातों ने मोहन के मन में एक अजीब सी हलचल मचा दी। यदि ऐसी बातें ... अपनी घरवाली से सुननी पड़े जो आपसी प्रेम और वैवाहिक जीवन में खुशहाली के लिए ... जो मोहन से शराब जैसी बुरी आदत छुड़ा सकती हैं ... ऐसे झगड़े, बुरी आदत के शिकार हर व्यक्ति के घर में होने ही चाहिए। बस झगड़े सुधरने-सुधारने के लिए ही होने चाहिए।

राधा बिना कुछ कहे रह जाये, ऐसा कैसे हो सकता था।

...क्या बात है उमा दी ... तू रात को जो नहला-धुला रही है अपने पतिदेव को। लोग तो सुबह-सुबह लिपते-पोतते हैं सीढ़ियाँ-देहरी ... तू रात को क्या "घसोंड़" रही है।

उमा सब कुछ चुपचाप सुनती रही। उसने अपनी रुलाई की आवाज को बाहर नहीं निकलने दिया।

बस सिसकियाँ भरती रही।

....

बस...यूँ मिल गये

अभी कुछ ही घंटे बीते थे। नयी जगह थी। इस फ़्लैट में आये हुए। जहाँ पहले रहता था, वहाँ माहौल बहुत अच्छा बन गया था, लेकिन कुछ समस्याएँ भी थी। खास तौर पर गर्मियों में पानी की। टायलेट-बाथरूम भी कम्बाइन ही थे। दो कमरों में रहने वाले अलग-अलग किरायेदारों के लिए।

दो हफ्ते पहले आया था दर्पण इस नये फ़्लैट को देखने, सब अच्छा ही दिखा था उसे। फ़्लैट का मालिक भी अच्छा आदमी लगा था उसे, पहली बार मिलने में ही। तभी बुकिंग के हजार रुपये देकर, फ़्लैट बुक करा लिया था उसने।

बहुत बड़ी बिल्डिंग नहीं थी ये। बस तीन मंजिल ऊँचाई छूती। रिहायश तो ऊपर के दो फ़्लोरों पर ही थी। ग्राउंड का पूरा पोर्शन पार्किंग के लिए आरक्षित था। दोनों फ्लोरों पर आमने-सामने मिलाकर कुल चार ही फ़्लैट थे। पार्किंग की सीढ़ियों से ऊपर चढ़ते ही बायें वाला पहला फ़्लैट लिया था दर्पण ने किराये पर। दस बायें दस का अन्दर वाला कमरा बैडरूम था। उससे थोड़ा छोटा, बाहर वाला, हौल कह सकते हैं। उसी से जुड़ा अटैच सपरैट टायलेट और गली की तरफ वाली दीवार से जुड़ा किचन। फ़्लैट हल्के पीले रंग से पुता हुआ था। जिस दिन देखने आया था उस दिन तो पुताई की महक तक बरकरार थी। शाम को छुट्टी के बाद आया था। साठ वाट के बल्ब की रौशनी में खूब चमक रहा था। मगर दिन की रौशनी में वो चमक आज कुछ फीकी लग रही थी। शायद कोई फैमली रहती होगी इसमें पहले। दीवारों पर रंगीन स्केच पैन से खींची आड़ी तिरछी रेखाओं को देखकर दर्पण अपने आप से कहने लगा।

हाथों से कुछ किताबें, बैड के किनारे पर रख के, उसने वो छोटी-सी टेबल जिस पर वो किताबें रखता था, कमरे से उठाकर हौल में जमा दी। बैडरूम से किताबों की पेटी खिसकता हुआ हौल में लाया, किताबें जमाने लगा। किताबें जमाकर गत्ते की पेटी को पाँव से एक तरफ खिसकाया, तो उसके अंदर से कुछ

टकराने जैसी आवाज सुनकर दर्पण मुड़ा, पेटी में एक और किताब थी। बिना देखे किताब को उठाया और माथे पर लगाकर चूमा। लात मारकर पेटी खिसकाने से अपराधबोध की भावना जागी थी उसके मन में। गौर से देखकर किताब मनोहर श्याम जोशी की लिखी "कसप" थी। चेहरे और होंठो की हँसी और बढ़ गयी जब उसे उस पुस्तक की कुमाऊनी भाषा बोली और उसके पात्र "डी डी" और "बेबी" की प्रेमकथा का स्मरण हो आया।

किचन को जमाते सजाते थक चुका था। रहता अकेला था। मगर तामझाम पूरी फैमिली के हिसाब से जोड़ दिया था। पिछली बार ईजा का उसके पास आना याद आ रहा था उसे। कैसे डाँटा था ईजा ने उसे। बस ऐसे ही झोला टाँग के घूमता रहेगा क्या? कुछ भी तो नहीं रखा है तूने। किचन तो बस नाम का ही है। कल के दिन तेरी शादी होगी तो ... ऐसे ही रखेगा क्या बहू को? कितना बोझ पड़ता है खर्च का ... जब एक साथ जोड़ना पड़ेगा पूरी गृहस्थी का सामान। पंद्रह दिन ही साथ रही थी ईजा और दीनू-दीनू, दर्पण को उसकी ईजा हमेशा दीनू ही पुकारती, बोल-बोल कर उसके कान पकड़-पकड़ कर पूरी गृहस्थी का रोज की जरूरत का समान खरीदवा दिया था। बैड, फ्रिज, आलमारी, दो कुर्सियाँ, किचन के बड़े दो स्टील के डिब्बे, खचा खच भरी स्लिप के सारे डिब्बे जिनमें कुछ ना कुछ भरा ही था। और भी बाकी जो कुछ था सब ईजा की मेहरबानी थी। वो तो भला हो कुंदन और नंदू का जो मेरी हेल्प करने आ गये वर्ना अकेला क्या हाल होता उसका। दोपहर में एक बज गया था आते-आते। टाटा -४०७ को लादकर यहाँ लाने के लिये नो इंट्री का समय बर्बाद ही हुआ। पहले वाली बात होती तो अपना एक कपड़ों का बैग और एक पेटी में किताबें, प्लास्टिक के थैले में बाल्टी डालता, उसी के अन्दर दो चार बर्तन भी। ज्यादा से ज्यादा एक थैला और हो जाता। बस ऑटो करके पहुँच जाता, बस हो जाता घर शिफ्ट। अपने से खुद ही बातें करता किचन में गैस पर चाय को उबलता देख रहा था। कुंदन और नंदू से दोस्ती हो गयी थी। जहाँ पहले यानी कल तक रहता था। वो भी वहीं पड़ोस में रहते थे। भारी सामान तो सब सैट कर ही गये थे बस छोटा-मोटा ही रह गया था अकेले लगाने को। ठीक ही किया जो रास्ते में आते समय टेम्पो रुकवाकर ढाबे से खाना ले लिया, घर पर बनाना पड़ता तो क्या हाल हुआ होता। अभी चाय

की चुस्कियाँ नहीं बेटा दिन के बर्तनों पर जोर आजमा रहा होता। अपने से बातें करता, खुद से चुटकी लेता दर्पण किचन के साथ वाले दरवाजे की ओर बढ़ा, चिटकनी खोली और बाहर बालकनी में पहुँच गया। खुले में आने पर लगा जैसे न जाने कब से कैद था, अब रिहाई हुई है। टेम्पो से सारा सामान उतारकर, अंदर रखकर तीनों ने खाना खाया था एक साथ। फिर भारी सामान तीनों ने मिलकर सैट किया। पाँच बजे जब दोनों चले गये तो दर्पण बहुत अकेला महसूस करने लगा। करने क्या लगा, था अकेला।

चाय ख़त्म कर दर्पण बालकनी से कमरे में आया, उसकी नजर उसके फोन पर पड़ी, काफी देर हो चुकी थी, बेजान-सा पड़ा था, दोपहर से अब तक, उसे देखने का समय ही नहीं मिल पाया। वर्ना आज के समय में फोन इतनी देर आकेला रहे हो ही नहीं सकता। फोन शरीर का एक्स्ट्रा ही सही, पार्ट तो जरूरी है। फोन उठाया, उसकी स्क्रीन पर उँगलियाँ चलने लगा। कान्टेक्ट लिस्ट का वो नंबर डायल कर दिया जिसे "घर का नंबर" नाम दिया था उसने। घंटी बजते-बजते रह गयी पर किसी ने फोन नहीं उठाया। अभी तो साढ़े छः ही बज रहे हैं, कहाँ चले गये? ईजा-बौज्यू, मिनी कहाँ गये होंगे तीनों? सर्दियाँ तो नहीं की अँधेरा इतना ज्यादा हो जाता है कि गावों में लोग जल्दी सो जायें। फिर कहाँ गये होंगे? अपने आप से सवाल करते-करते दर्पण ने रिडायल का ऑपशन चुना, दुबारा नंबर मिला दिया। मिनी ने फोन उठा लिया अबकी बार। बड़े भाई से "पैलग" कहते ही बोली ... लो ईजा से बात करो, मैं सब्जी काट रही हूँ। फोन पर ईजा से पैलाग कहा और ईजा ने उसे शुभ आशीष दी।

मैंने बताया था ना मैं कमर बदल रहा हूँ, आज बदल दिया मैंने कमरा ...दर्पण ने ईजा से कहा।

अब यहाँ से तो पास हो गया होगा तेरा ऑफिस, खाना बनाने का आलस मत करना, सुबह भी टिफिन लेकर जाना। वैसे पहले से बड़ा है या उतना ही है, छोटा-सा कमरा। कुछ छोड़ तो नहीं आया, सब कुछ लाया कि नहीं ....।

ईजा फोन पर सवाल करती रही और उसका दिनु ... हाँ... ठीक है ...हाँ ... ठीक है, में जवाब देता रहा। दर्पण को लगा जैसे उसकी ईजा को फोन पर उससे

हाँ कहूँ या ना.....?

देर तक बातें करना अच्छा लगता है। ईजा जितनी देर तक हो सके उतनी देर तक उससे बातें करना चाहती हैं। आवाज कितनी चहकती हुई सी लगती है। कितनी सारी बाते हैं ईजा के पास जो दिनु से कह देना चाहती हैं।

ईजा सब ठीक-ठाक है जरा बौज्यू को दे देना फोन, दिनु के पास जैसे बातें करने के लिये कुछ बचा ही नहीं था। सभी की आवज सुन लेने से एक अलग तरह की बहुत बड़ी खुशी मिलती थी उसे।

... घर पर टिकते ही कहाँ हैं जब से रिटैर हुए हैं। परेशान से रहने लगे हैं। पहले तो -घर से स्कूल, स्कूल से घर, रूटीन बंधा ठहरा, अब तो दिन भर घर पर बैठे-बैठे औच्याट सा आयेग ही उनको। बैठे होंगे कही, बाखली में किसी के साथ, अच्छा ... अड़ोसी-पड़ोसी तो ठीक होंगे तेरे ...।

...आज ही तो आया हूँ, अभी मिला थोड़े ही किसी से। मेरे सामने वाले फ़्लैट में तो ताला लगा है, बाकी ऊपर की मंजिल पर रहने वालों से जब मुलाकात होगी तभी पता चलेगा। अच्छा ठीक है ... आ जायेंगे बोज्यू तो बता देना मैंने फोन किया था, बाकी खबर बात तो मिल ही गयी है।

दर्पण फोन काट देना चाहता था मगर ईजा ने उसे रोक दिया।

...अच्छा सुण-सुण ...सुण।

...हाँ बताओ।

...आजकल तेरे बोज्यू ... बस तेरे लिये लड़की ढूँढ़ने में लगे हैं, तू ... अब ना म़त करना।

कितनी ही लड़कियों की कुण्डलीयाँ मिला चुके हैं, कही बात जम नहीं रही। जान-पहचान तो ठहरी ही उनकी। सारी उम्र पहाड़ों के में स्कूलों में पढ़ाते-पढ़ाते वलधार-पलधार। कितनी जो कुण्डलियाँ जेब लेकर घूम रहे हैं आजकल ...।

...ईजा...ठीक है बस ...जिस दिन मिल जाएगी कुण्डली उस दिन देखी जाएगी।

दर्पण ने फोन काट दिया। पिछले एक साल से शादी को लेकर ईजा फोन पर बातें करना भूलती नहीं थी।

दर्पण उम्र के उस पड़ाव पर था जहाँ पहुँचने पर शादी का विचार मन में उमंग भर देता है। मन तो उसका भी उमंगित होता था ईजा की बातें सुनकर। जब ईजा बताती लड़की का नाम क्या है, उम्र क्या है, गोरी चिट्टी है, कद भी ठीक-ठाक है, जोड़ा अच्छा जमता है तेरे साथ, पढ़ी-लिखी भी है ...सारी बातों के बाद ईजा कहती कि बस कुण्डली मेल खा जाती तो ... । तब दर्पण को कुछ दर्द सा महसूस होता वो भी उसके लिये जो कभी देखी नहीं, मिली नहीं ... बस उसकी कल्पनाओं में एक परछाई सी। शादी की बातों से अंदर-ही-अंदर खुश होता मगर ... न उसे खुशी छुपाना ही आता और न उसे जताना ही आता बस ... यही बातें होती रहें, उसे यही अच्छा लगता।

आधे घंटे तक फोन की बातों से उत्साहित होकर इतना अलसाया कि फोन जेब में रखा, अपना पर्स उठाया, दरवाजे पर ताला लगाकर, नयी जगह में नये ढाबे की तलाश में सीढ़ियाँ उतरकर, गली से गुजरता, मेन सड़क की तरफ चल दिया।

दर्पण को पूरा एक हफ्ता हो चुका था इस नये फ़्लैट में ... आज पता चला कि सामने वाले फ़्लैट में अधिकारी जी रहते हैं। शाम को जब दर्पण अपनी बालकनी में खड़ा था, अधिकारी जी गोद में, ढेढ़ दो साल का ही होगा, बच्चे को उठाये घूम रहे थे। दर्पण पर नजर पड़ते ही उसकी तरफ हाथ बढ़ाते हुए बोले... क्या हालचाल भाईसाब?

दर्पण ने हाथ मिलाया ...सब ठीकठाक... जवाब दिया।

आप पहाड़ी लग रहे हैं ... अधिकारी जी बोले।

हाँ ...पहाड़ी और आप ...दर्पण ने जवाब दिया।

हम भी ... अधिकारी जी फिर बोले और ... बातचित का सिलसिला शुरू हो गया।

...कुमाँऊ से हो या गढ़वाल से?

...कुमाँऊ से।

...कुमाँऊ से कहाँ? हम भी कुमाँऊ से हैं।

हाँ कहूँ या ना.....?

...रानीखेत।

प्रोपर रानीखेत या आसपास कही से, हम ... ।

अधिकारी जी इतना पूछ ही रहे थे कि उनकी श्रीमती जी एक कप चाय लेकर बालकनी में पहुँची। अधिकारी जी ने अपनी बात बदली और श्रीमती जी से बोले ... ये भी अपने आस पास के हैं ... अच्छा एक कप चाय और ले आओ।

उनकी श्रीमती जी की नजर दर्पण पर पड़ी तो दर्पण ने भी ... भाभीजी नमस्कार... वाली मुद्रा में अपनी गर्दन जरा झुका दी। वैसे मुख से कुछ बोला भी की नहीं किसी को कुछ पता नहीं चला। ऐसा ही जवाब दर्पण को भी मिला ... गर्दन जरा-सा हिलाकर।

जब श्रीमती जी चाय लेने अन्दर चली गयी तो फिर से अधिकारी जी ने बातें जारी रखी मगर, बातें बदल दी। ...कहाँ जॉब करते हो, पहले कहाँ रहते थे... वगैरा-वगैरा ... बातें चाय की चुस्कियों के साथ चलती रही।

तीन चार फिट की पतली-सी दीवार, दो फ़्लैटों की बालकनी को बाँटती जरूर थी मगर दुरी पैदा नहीं कर सकती थी। कहने का मतलब, अगर ये पतली सी दीवार न हो तो दो बाल्कनियाँ न होकर एक बालकनी ही रह जाएगी।

दर्पण शाम को जब ऑफिस से घर पहुँचता और अपने फ़्लैट का ताला खोलता, लोहे के गेट की कुण्डी की आवाज होती, तो अधिकारी जी का बच्चा अपने गेट पर पापा-पापा करते हुऐ आता, रोज ही देखता था दर्पण। बच्चे के पीछे-पछे उसकी मम्मी की आवाज आती ... हेमू... वो अंकल हैं, आपके पापा नहीं आये अभी। दर्पण बस आवाज ही सुनता था। भाभीजी से बातचित वाला आमना-सामना हुआ नहीं था अभी।

बालकनी से वापस कमरे में आकर, बैड के कोने पर बैठा रहा थोड़ी देर। फिर उसके मन में आया ... हेमू ही नाम पुकारती हैं ना भाभीजी, हेमू लड़का है या लड़की। हेमू नाम तो लड़कों का होता है, लड़का ही होगा। कम्मू, हर्षु, पिंकू, चुन्नू, मुन्नू... नामों से कहाँ पता चलता है, लड़का है या लड़की। बच्चों को प्यार से सब ऐसे ही बुलाते हैं। बिना बात की उलझन लिये दर्पण अपने आप से ही बातें

करने लगा -तुझे क्या समस्या है भई? जिस दिन तेरे हो जायेंगे तो मत रखना ऐसे कन्फ्यूजन पैदा करने वाले नाम ....।

लड़का है या लड़की ... हूँ ...।

खुद ब खुद मुस्करा दिया दर्पण।

फोन तो रोज ही करता था दर्पण अपने गाँव, अपने घर, अपने परिवार, अपने ईजा-बौज्यू और अपनी छोटी बहन का हाल रोज ही पूछता था। ईजा तो, ईजा अब तो बौज्यू भी उसी की शादी को लेकर कुछ न कुछ बातें छेड़ देते हैं। मंडे टू सटरडे, फोन पर शादी वाली बात की शुरूआत होती, तो हमेशा किसी काम या टाइम की जल्दबाजी का बहाना बनाकर टाल देता था। सन्डे ही होता, जब उसके बहाने जरा बेअसर से हो जाते। अब इसी विषय पर बातें करना उसे भी अच्छा लगने लगा था। जवान उम्र के लड़के या लड़की से उसकी शादी की बात की जाय तो जिस अदा- ह्या से उस बात को टालते हैं उससे साफ पता चलता है कि उसकी रजामंदी भी बातों में शामिल है। कोई किसी को सिखाता थोड़े ही है ऐसी अदा, वो तो खुद ब खुद आ जाती है। जिन्दगी का एक रंगीन स्वप्न भरा सफ़र लेकर।

सन्डे का दिन यार दोस्तों के साथ कट गया था। शाम को घर पहुँचा था। दिन भर की मौज-मस्ती से थका हुआ था। फिर खयाल आया कल से तो नाइट सिफ्ट में जाना है ऑफ़िस। सुबह आराम से उठाना है। कुछ ज्यादा नहीं तो खिचड़ी ही बना लूँ।

काफी देर रात तक टीवी के आगे बैठा रहा। बस एक ही बात दिमाग में थी कि सुबह आराम से उठाना है। रोज की, सुबह जल्दी उठने की आदत, कहाँ देर तक सोने देती। सुबह रोज के टाइम पर ही उठ गया। क्या करूँ, क्या करूँ, सोच-सोच कर परेशान हो रहा था। पहले नहा धो लूँ ...शायद कुछ हल्का लगेगा तो फिर सोचा जाएगा ...।

ॐ त्रियम्बकम यजा माहि ...।

गुनगुनाता, तौलिया लपटे, गीले कपड़े हाथ पर लिये बालकनी में पहुँचा।

हाँ कहूँ या ना.....?

बालकनी में लगी ग्रील के साथ एक छोटी-सी रस्सी बाँध दी थी उसने। अपने रोज नहाने के बाद गिले कपड़े सुखाने के लिये। रस्सी अन्दर की तरफ बाँधी थी ताकि उसके कपड़े उड़े भी तो गली में ना गिरने पायें। गुनगुनाते हुए जैसे ही उसने अपना गिला कच्छा झटका, उसके कानों में चिटकनी खुलने जैसी आवाज आयी। वो मुड़कर देखने लगा। दो सेकेंड भी नहीं हुए थे कि उसे जो चेहरा दिखा, दर्पण उसे देखता ही रह गया। वो चटक रंग, बड़ी-बड़ी आँखें, गालों पर चिपटी वो लट, जो अभी-अभी मुँह धोते समय गीली होकर गाल पर चिपकी होगी, बिना किसी चैन, माला, या दुपट्टे से ढँकी वो गर्दन, दर्पण तो जैसे सम्मोहित कर लिया गया हो, खड़ा रहा। दोनों की आँखें आपस में टकरायीं। वो मुड़कर बालकनी के दूसरे कोने तक गयी ...तार में सूखता तौलिया उठाया और मुँह पोंछने लगी। जब वो बालकनी की दूसरी तरफ जा रही थी, दर्पण तब भी उसकी कुर्ती के पीठ पर लगे बड़े से कट से बाहर झलकते उसके कुहलों के उतर-चढावों को देखता रहा। अंदर जाते-जाते वह जरा मुस्करा क्या दी ...। दर्पण का सम्मोहन टुटा। हाथ में गिला कच्छा, कंधे पर गीली सेंडो, तौलिया लपेटे, पानी टपकते बाल, जरा सकपका सा गया था। उसकी धड़कनें तेज हो गयी थी। अपने आप पर नजर डाली तो शर्मा गया। अपने आप से चुटकी लेता बोला -गधा ही है तू, नंगा खड़ा ताक रहा था और वो भी हाथ में कच्छा लेकर। जैसे तू बालकनी में खड़ा था, वैसे ही किसी ने तुझे बालकनी में खड़े होकर देखा होगा तो ... बैटा तेरी खैर नहीं ... अधिकारी जी की बहन को लाईन मरने चला ... धत् ... चल अंदर।

बालों पर कंघी चलता दर्पण, "दर्पण" के सामने खड़ा ... उसे अपना चेहरा ही दिख रहा था मगर उस सुन्दर से प्यारे से चेहरे के दिखने का भ्रम पैदा होने लगा था। उसकी स्मृति में जैसे घर कर गया था, वो चेहरा।

शृंगार वास्तविक सुन्दरता को कैसे छिपा लेता है? अगर देखा जाय तो बिंदिया, लाली, काँजाल, झुमके - बाली - चैन, सब अपनी ही सुन्दरता दिखाते हैं। ये सब इकट्ठा होकर किसी एक का शृंगार करते हों पर अपनी सुन्दरता कहाँ छोड़ते हैं। मुझे इन सबसे सजने सवरने की चाह, सहज, सरल, वास्तविक सुन्दरता पर ग्रहण सी लगती है। ऐसे ही विचर दर्पण के मन में उफान मारने लगे थे। वो चेहरा जो कुछ ही सेकेंड उसके सामने रहा...दर्पण के अंदर

अपना प्रतिबिम्ब छोड़ गया था। दर्पण उसे देखने के लिए दिन में कितनी ही बर बालकनी का दरवाजा खोलता रहा, झाँकता रहा, मगर उस दिन उस चेहरे को, दुबारा देख नहीं पाया दर्पण। उसके अन्दर एक सी बैचैनी भर गयी।

ऑफिस जाने की तैयारी हो चुकी थी। पीठ पर अपना बैग लटकाये, ताले में लागी चाबी, हाथ में ताला लिये जब अपना गेट बंद करने को था तब भी उसे उम्मीद जग रही थी कि वो दिखेगी।

गेट बंद होते और खुलते समय कुण्डी के बजने की आवाज एक जैसी होती है, उसे आज उसका आभास हुआ। अधिकारी जी का बच्चा जो अब तक खुलते दरवाजे की आवाज सुनकर अपने गेट पर आ जाता था आज बंद होते गेट की आवाज पर अपने गेट पर आकर पापा-पापा करने लगा। उसके बाद दर्पण के कानों में भाभीजी की जानी पहचानी आवाज गूँजी- हेमू वो अंकल हैं, आपके पापा नहीं आये अभी, आओ बेटा अंदर आओ, जाओ अपनी मौसी के साथ टीवी देखो।

मौसी के साथ टीवी देखो? ओ ... इसका मतलब वो अधिकारी जी की नहीं, भाभीजी की बहन है। शुक्र है। कन्फर्म हो गया ... कि ...मैं ... भय्या, सुनने से बच गया। अधिकारी जी के सामने, कभी उससे सामना होता तो ... पक्का भय्या ही कहती। अब जब उनसे जीजाजी कहेगी तो ... उनके सामने मुझसे ... आप, तुम ... से ही काम चलाएगी ना। अपनी ही धुन में सीढ़ियाँ उतर रहा था कि अधकारी जी जो आफ़िस से आ रहे थे, से टकराते-टकराते बच गया।

नाइट शिफ्ट भी होती है क्या आपकी? अधिकारी जी ने हाथ मिलते हुए पूछा।

हाँ ... बस, आप आ रहे हैं मैं जा रहा हूँ, मुस्कराते हुए जवाब देकर दर्पण बस स्टाप की ओर बढ़ता चला गया।

शाम को बहुत लेट पहुँचा था घर दर्पण। सामने वाले फ़्लैट में काफी शोरशराबा हो रहा था। बच्चों की आवाजें आ रही थी। दर्पण ने अपने फ़्लैट का ताला खोला, अंदर घुसा और जल्दी से बंद भी कर दिया। कुछ ऐसे कि किसी को पता नहीं चलाना चाहता हो की वो भी घर पहुँच गया है।

उसे कुछ ऐसा सुनाई दिया जैसे कोई उसका गेट पीट रहा हो, वो किचन में जल्दी-जल्दी में, रात के खाने की तैयारी में लगा था। उसने किचन से ही आवाज दी ...हाँ...कौन है ... उसे जवाब नहीं मिला। गेट खोला तो सामने वही खड़ी थी। सब्जी काटने का चाकू दर्पण के हाथ में ही था, प्याज ने उसके आँसू निकाल रखे थे। उसके सामने दर्पण चाकू लिये ऐसे दिख रहा था जैसे कि बदला लेने की इच्छा से तड़पता व्यक्ति रोते-रोते चाकू हाथ में लेकर किसी का पीछा कर रहा हो। दर्पण को देख ... वो फिर मुस्करा दी। उसके हाथ पर पेपर प्लेट थी जिसमें एक पीस केक का था, बिस्किट, चाकलेट, टाफी भी थी। दर्पण की तरफ बढ़ा कर बोली ... आज हेमू का बर्थडे है। बेख्याली में, उसके चेहरे को देखते हुए दर्पण ने चाकू वाला हाथ झट से उसकी तरफ बढ़ाया तो वो चौंक गयी। उसके चेहरे के बदलते भावो से दर्पण जरा सम्भला, चाकू वाला हाथ पीठ पीछे छिपाते हुए, दूसरे हाथ की खाली हथेली उसके सामने फैला दी।

क्या हो जाता है मुझे, उसे देखते ही। ... उसे चाकू दिखा दिया ... तभी तो देखते ही हँसती है तुझ पर। सर झुकाए फिर से सब्जी काटने में जुटा दर्पण उसे लेकर क्या-क्या सोचने लगा। इस बार उसकी धड़कनें पहली बार से भी ज्यादा तेज रफ्तार से धड़क रही थी। खुशी भी झलक रही थी उसके चेहरे पर, उसकी प्यारी आवाज जो सुन ली थी उसने।

छुट्टी का दिन था, दर्पण ने दोपहर में दाल-चावल बनये थे अपने लिए। यही बता रहा था ईजा को फोन पर। बैठा कुर्सी पर था, पाँव बैड पर टिकाये थे। गर्मी कुछ ज्यादा ही थी, पंख भी जैसे गर्मी से अलसाया हुआ था। उसकी हवा का पता ही नहीं चल रहा था। ईजा से पैलग बोलकर उसका आशीर्वाद भी ले चुका था। दर्पण से उसकी ईजा उसी पुराने अंदाज में उसकी शादी की ही बात शुरू कर चुकी थी ....दिनु सुण रहा है ना, दिनु तेरे लिए एक लड़की देखी है तेरे बौज्यू ने। उन्होंने देखा भी है उसे, बता रहे थे बहुत अच्छी है। उसी दिन देखा था उसे जब उसके घर गये थे उसके बौज्यू से उसकी कुण्डली माँगने। तेरे बौज्यू कुण्डली मिलाने को इतने उताऊले हो गये थे कि घर आने के बजाए जोशीजी के घर चले गये। घर आये तो फूलदेई के बच्चे की तरह इतने खुश थे कि क्या बताऊँ। ग्रह-गुण सब मिलते हैं, बेटा, बस अब तू टाल-मटोल मत करना।

...ईजा ... ठीक है, ठीक है देखी है ना बौज्यू ने, ... तो क्या हुआ, ... मैं देखने जाऊँ और उसने मुझे फ़ेल कर दिया तो ...।

... क्यों करेगी फ़ेल ? ... जब कमी देखेगी तब ना ...फ़ेल कर देगी ...?

...तेरे बौज्यू बता रहे थे कि लड़की के बौज्यू तो इतने खुश थे कि मासाप-मासाप करके तेरे बौज्यू के पीछे ही पड़ गये। लड़की पढ़ी-लिखी भी है। घर को सजाना-सवांरन भी जानती है। सुन्दर भी है। तीन भाई-बहन हैं। दो बहनें एक भाई। भाई सबसे छोटा है। तेरे बौज्यू तो कह रहे थे कि बड़े शरीफ लोग हैं। उच्छ्याट दिखने वाले तो बिल्कुल नहीं लगे। एक पुरानी-सी दरी बिछाकर बिठाया था उन्होंने। मासाप-मासाप करते शरम सी लग रही थी उनको। शरीफ लड़की है। कोई छलछलाट वाली नहीं, कोई बलबलाट वाली नहीं ...।

....ठीक है, ठीक है, बौज्यू को फोन दे जरा... वैसे मीनू कहाँ है?

...मीनू खुलबे फोटोग्राफर के यहाँ गयी है, तेरी फोटो बनवानी थी ना। फोटो लाये हैं तेरे बौज्यू, बड़ी प्यारी, बड़ी सुन्दर लड़की है। तेरी फोटो तो हुई नहीं हमारे पास, तो गयी है बनवाने। लड़की के बौज्यू कह रहे थे बल ...वैसे तो लड़की भी आजकल दिल्ली में ही होगी। लड़का किसी कारण बस देखने ना भी पहुँच पाए तो कोई बात नहीं आप एक फोटो ही भिजवा देना। मासाप ... आपको तो हम जानने वाले ही ठैरे, हमारी लड़की आपके घर जायेगी तो हमारे तो मुँह माँगे जैसी बात हो जाएगी ... मेरे से कहीं फोन कट जो जाएगा ले अपने बौज्यू से बात कर ले।

दर्पण की ईजा ने फोन उसके बौज्यू को पकड़ा दिया। दर्पण से पैलाग सुन उन्होंने दर्पण को शुभ आशीष दी।

...अच्छा ऐसा है फोटो भी लेकर आया हूँ वैसे लाये हुए तो बहुत दिन हो गये। तुझे पहले इसलिए नहीं बताया कि मैंने सोचा घर-परिवार को लेकर हर तरह की संतुष्टि हो जाय तो फिर बताया जायेगा। कुण्डली भी अच्छी मिली है। वैसे लड़की दिल्ली में ही होगी आजकल ... कह रहे थे जिस दिन मैं गया था, कि कुछ दिनों के लिये इसकी बहन ने बुलाया है ... अब होगी कोई छोटी-मोटी तकलीफ़ खैर वो छोड़ो...दो-चार दिन खाना-पीना बना देगी और क्या ... बहन

हाँ कहूँ या ना.....?

को भी जरा मदद मिल जायेगी। पता उनके पास था नहीं। लड़का भी घर पर नहीं था उनका। फोन नंबर भी मिला नहीं, फोन ही हुए आजकल, फोन आजकल बच्चे जेब में लेकर घुमने वाले हुऐ। नहीं तो कोई बात नहीं, मैं पता कर लूँगा, लड़की घर आ जाएगी तो फिर लगा लेगा एक चक्कर ...।

फोन पर बातें खत्म हुई तो ...ऊह...एक लम्बी साँस छोड़ता दर्पण सोच में डूब गया। ईजा तो ईजा, आज तो बौज्यू भी सीरीयस लग रहे थे। अब कुछ तो फैसला करना ही पड़ेगा।

अकेले दर्पण को छोड़कर बाकी तीनों फ्लेटों में फैमिलीज ही रहती थी। अकेले होने की वजह से जल्दी कोई दूसरा फ़्लैट किराये पर मिल जाये ऐसा मुश्किल ही होता है। वो तो इस बिल्डिंग का मालिक भी पहाड़ी ही ठहरा और दूर की जान पहचान भी निकल आयी, जिसने दिलवाया, वो भी मकान मालिक का रिश्तेदार ही ठहरा।

एकांत और शांत माहौल पसंद करने वाला दर्पण अब उस सामने वाले फ़्लैट में आयी उस लड़की को देखने के बाद कुछ-कुछ बैचैन रहने लगा था। जितना भी समय घर पर रहता, चुप सा रहता, उसकी आवाज सुनने को कान लगाये रहता। बस उसे देखने भर के लिये, न जाने कितनी ही बार अपना गेट खोलता और न जाने कितनी ही बार बालकनी में झाँकता रहता। एकांत जो उसे इतना पसंद था, वही एकांत अब उसे अकेलापन लगने लगा था। उसे ये अकेलापन अब खलने लगा था। उसकी तरफ उसका बढ़ता झुकाव उससे अब रोके नहीं रुक रहा था। उसे लगने लगा था ... कभी-कभी सोचता भी ... कि ये सब उसका एक तरफा प्यार तो नहीं। फिर खुद को ही समझता भी ... कैसा प्यार भय्या, न कोई बातचीत, न अब तक उसका नाम ही जानता है। मगर कुछ तो है यार। पहली बार इस तरह की फिलिंग आ रही हैं, हो सकता है, हो सकता है इसे ही प्यार कहते हों।

छुट्टी वाले दिन बालकनी में खड़े होकर, एक कप, शाम की चाय, अधिकारी जी के साथ, जैसे तय कर रखी हो, होती ही थी।

दर्पण और अधिकारी जी बालकनी में खड़े थे। बातचीत का दौर शुरू हो

गया। अधिकारी जी आज अपने बारे में बोलने लगे ...।

एक महीने के लिये बाहर जा रहा हूँ। कल सुबह निकलना है। हैदराबाद, पूना, अहमदाबाद, मुंबई ... महिना भर लग ही जायेगा। बड़े झंझट हैं यार नौकरी में भी। टॉस्पोर्टेशन देखता हूँ कम्पनी में। अब जब जहाँ-तहाँ आरक्षण को लेकर बबाल मचा हुआ है, बहुत नुकसान हुआ है यार कम्पनी को। कितने ही दिनों तक गाड़ियाँ खड़ी रही थी यार सड़कों पर जहाँ-तहाँ। कुछ स्टेटों में तो गाड़ियाँ बॉर्डर पर ही खड़ी रही, और जो गाड़ियाँ सिटी में घुस गयी थी, आग और लूटपाट के हवाले हो गयी।

बात रोककर अधिकारी जी ने बालकनी से अन्दर कमरे की तरफ मुँह करके आवाज लगाई प्रीती...दो कप चाय बना दे यार। दर्पण ये नाम सुनकर फिर सोच में पड़ गया... "प्रीती" किसका नाम होगा दोनों बहनों में से, कास अधिकारी जी ऐसा भी कह देते ... जिसका नाम लिया है वही चाय लेकर आयेगा।

उन्होंने अपनी बात दुबारा शुरू की ...पिछला फाइनेंशल इयर तो टोटल लॉस में गया। हेड आफ़िस दिल्ली में है। कब कौन से स्टेट में ऐसा बबाल मच जाय कौन जानता है। इसी सिलसीले में दौरा करना है कि ऐसी सिचुवेसन में कैसे नुकसान भी ना हो या कम हो और सबसे बड़ी बात कि पिछले नुकसान की भरपाई कैसे हो। बॉस ने तो इन्स्ट्रकसन दे दिये कि नेक्स्ट फैनेंशल इयर में सब कुछ अंडर कंट्रोल हो जाना चाहिए, कैसे भी करो।

दर्पण सुन जरूर रहा था उनको मगर ध्यान उनकी बालकनी के दरवाजे पर ही था कि कोई तो आये चाय लेकर ... पता तो चले ...प्रीती है कौन?

छोटी-सी ट्रे में दो कप सजाये वही आयी जिसके आने का इन्तेजार दर्पण कर रहा था। एक कप उठाकर अधिकारी जी ने उसे दर्पण की तरफ इशारा कर दिया। दर्पण बालकनी को बाँटने वाली उस पतली सी दीवार पर कुहनी टिकाये खड़ा था। उसे अपनी तरफ आता देख दर्पण सीधा खड़ा हो गया। उसने ट्रे दीवार से ऊँची उठाकर, दायें हाथ पर ली हुई ट्रे दर्पण की तरफ बढ़ा दी। नजरें उठाकर दर्पण को देखा और फिर हया से भरी नजरें झुकाकर, बायें हाथ से दायें कंधे से सरकता दुपट्टा बड़ी नजाकत से काँधे पर चढाया। उसकी यह

हाँ कहूँ या ना.....?

साधारण सी हरकत भी दर्पण को ऐसी लगी जैसे उसी के लिए की गयी हो। उस पल को वो दुबारा स्लोमोशन में देखना चाह रहा था मगर ये रीयल लाइफ थी रील लाइफ थोड़े ही थी। ट्रे से कप उठाकर दीवार पर रख दिया दर्पण ने ... एक गिलास पानी मिलेगा ... दर्पण को यकीन नहीं हो रहा था कि इतनी जल्दी और इतनी अच्छी बात, जो उसे दुबारा, उसी की ओर लाये, दर्पण के मुँह से आखिर निकली कैसे?

अधिकारी जी ने चाय की चुस्की लेकर बात आगे बढ़ाई ...सोच तो रहा था, गर्मियाँ तो है ही, एक महीने के लिये बच्चों को गाँव छोड़ दूँ। परिवारदारी तो जानते ही हो, हमने तो गाँव का घर कबका छोड़ दिया। चाचा लोग हैं गाँव में, उनके पास छोड़ने की हिम्मत नहीं हुई। ससुराल में छोड़ता और उन्हें खबर चलती तो भी नाराज होते। वैसे अपना खन रहने लायक तो है फिर एक महीने के लिये, सारा ताम-झाम वहाँ भी जोड़ो, बबाल ही है। कभी-कभी सोचता हूँ संजैत न होकर एक खन अपना अलग होता तो ठीक ही था। जब मर्जी जाओ अपना ताला खोलो रहने लगो। मगर अब तो गाँव किसी काम-काज, शादी-ब्याह, जागर-वागार में भी जाओ तो परिवार वालों के पास जाकर रहना पड़ता है। पहले वाली बात नहीं रही अब वहाँ के लोगों में, बड़ा अहसान जताते हैं अब। तभी इसकी बहन को बुलाना पड़ा यहाँ।

जब वो लोटे का पानी गिलास में भर रही थी दर्पण को बार-बार देख रही थी। उसकी नजरों में वैसा ही कुछ था जो दर्पण को अपने पक्ष में लगा। अधिकारी जी की आवाज दर्पण के कानों तक पहुँच रही थी और कानों से टकराकर कहाँ जा रही थी उसे कुछ पता नहीं चल रहा था। कई दिनों के प्यासे की तरह, पानी पीता रहा उसे देखते हुए। शराफत की इज्जत रखने के लिये लोटे में अब आधा गिलास ही पानी बचा होगा शायद। वो दर्पण की तरफ देखकर मुस्कराई और घूमते ही खुद को इतना सहज बनाया जैसे कि दर्पण की सारी कल्पनाएँ मिथ्या हों।

...मेरा ही प्रोग्राम दो हफ्ते लेट हो गया वर्ना ये तो बुलाने पर आ ही गयी थी। दर्पण को अन्दर ही अन्दर गुस्सा आ रहा था। ये ... वो ... सब कह लो,

मगर ये ही प्रीती है कहकर, इसका नाम बताने में जीभ पता नहीं क्यों घूम जाती है इनकी।

...अब एक महीने का टूर है तो जरा बेफिक्री हो जाती है। अभी शादी नहीं हुई है तो आ गयी। जब प्रीती की शादी हो जायेगी तो अभी की ये चालाकी धरी रह जायेगी, अपनी गृहस्थी का मतलब निकलने वाली।

गहरी साँस लेता दर्पण ... चलो कन्फर्म हुआ इसी का नाम प्रीती है।

तभी कोई आदमी आया गली में, अधिकारी जी को बालकनी में खड़ा देख उसने गली में से ही पुकारा। अधिकारी जी उसे पहचान गये। बालकनी से अन्दर कमरे की तरफ चले गये।

ठण्डी चाय की चुस्कियों के साथ दर्पण खुद से ही बातें करने लगा। शुक्र है ... नाम तो बता गये आखिर। यहाँ तो आज भी उम्मीद जवाब देने लगी थी। अपने हाथ का कप तो अधिकारी जी अंदर ले गये थे मगर उसके हाथ का खाली कप उसके आने का इन्तेजार कर रहा था। प्रीती आयी और दर्पण ने बिना कुछ बोले उसकी तरफ खाली कप बढ़ा दिया। उसने पकड़ने के लिये हाथ बढ़ाया। अब दोनों के हाथ कप को थामे हुए थे। उनकी उँगलियाँ एक दूसरे को छू गयी। प्रीती मुस्करा दी और दर्पण इस छुवन के अहसास को कभी ना भूल सकने की हद तक पहुँच गया।

कमरे में आकर दर्पण बैड पर लेट गया। जिसे वो अब तक बेनाम से ख्यालों में सोचता था, आज उसे उसका नाम मिल गया ... "प्रीती"। उसकी धड़कनें हद से ज्यादा खुशी में और तेज धड़क रही थी। मन ही मन विचारने लगा ... अब अगर ईजा-बौज्यू ने शादी बात कही तो ... मैं उनसे साफ़ बोल दूँगा ... एक लड़की मैंने भी देख रखी है... बौज्यू मेरी खतिर एक बार दिल्ली आओ ...उससे मिल लो, उम्मीद है आप नापसंद नहीं कर पाएंगे। हिम्मत तो दिखानी पड़ेगी, बोलना ही पड़ेगा ... बौज्यू ये वो लड़की है। जिसे पहली बार देखने पर ही मेरे मन में प्यार का अंकुर फूटा था।

दोनों ही बैचेनी की आग की चपेट में थे। प्रीती के मन में क्या था वो भी जाहिर होने लगा था। दर्पण के फ़्लैट के दरवाजों के खुलने, बंद होने की आवाज

पर उसका भी ध्यान टिकने लगा था। अब तो रूटीन सा बन गया था गेट खुलने की आवाज सुनते ही उसे बालकनी में जाने का खयाल आने लगता। शाम को आफिस से आकर जब दर्पण अपने दिन भर पहने, जो अब पसीने से बदबू से भर चुके होते, जूते रखने बालकनी में जाता, प्रीती उसे पहले से वही बालकनी में खड़ी दिखती, जैसे उसी का इन्तेजार कर रही हो। वो अपनी दिन भर की थकन भूल जाता। दोनों एक दूसरे की तरफ देखते, मुस्कराते ... बस ... फिर लौट जाते।

ठीक एक घंटे के बाद प्रीती फिर से बालकनी में आती। दर्पण, जो खाना बनाने में पसीने में तरबतर हो जाता, पसीना पोंछते हुए बालकनी में आ जाता।

ठीक सामने वाले घर भी पहाड़ियों के ही थे। बिष्ट जी, गुसाई जी, बौरा जी सब पहाड़ी ही थे। प्रीती बालकनी में आकर सामने वाली बालकनी में जिसे भी देखती, दर्पण को सुनाने के लिये बातें करना शुरू कर देती।

...बना लिया खाना।

बहुत गर्मी है, आज तो कुछ ज्यादा ही है।

...किचन में जाने की तो बिल्कुल इच्छा नहीं होती आजकल।

घर पर जरूरी ठहरा बनाना भी तो, एक दिन की बात हो तो जो भी हो, कभी-कभार चल जाता है, बाहर का खाना भी हुआ तो कब तक ... ।

माध्यम भले ही सामने की बालकनी में खड़ी पड़ोसन हो मगर कहा दर्पण को ही जा रहा है, उसे भी समझ आने लगा था। प्रीती के इस अंदाज से वह खुश हो जाता जैसे दिन भर की थकान छू हो जाती। सीधी बातचीत कभी हुई नहीं थी मगर देख लेने भर के अंदाज में छिपी नजरों की गहराई, एक दूसरे के प्रति खिंचाव को जताने-बताने के लिये काफी थी।

नाइट शिफ्ट करके आ ही रहा था दर्पण। अभी अपने फ़्लैट का ताला खोल ही रहा था कि सामने वाले फ़्लैट से भाभीजी निकली और पिछे-पीछे हेमू भी उनका पल्ला पकड़े। धुले कपड़ों से भरी बाल्टी लेकर मिसेज अधिकारी छत पर कपड़े सुखाने जा रही थी। दर्पण पर नजर पड़ी तो बोल पड़ी ...नाइट शिफ्ट

चल रही है क्या?

हाँ जी नाइट शिफ्ट ... अरे ...हेमू, कहाँ जा रहे हो, छत पर धूप बहुत है भई। आओ अन्दर, मेरे पास आओ, हेमू इसी तरह दूर से बातें करने से दर्पण से घुल-मिल गया था, मगर कभी उसके साथ खेला नहीं था। दर्पण के बुलाने पर वह उसके कमरे में चला गया। मिसेज अधिकारी छत पर चली गयी। दर्पण हेमू को इसलिए साथ लाया ताकि उसे लेने उसकी मौसी जरूर बाहर आएगी। मगर वो नहीं आयी शायद वो किचन में व्यस्त थी।

मिसेज अधिकारी जब कपड़े सुखाकर वापस सीढ़ियाँ उतर रही थी, उनकी चप्पलों की चट-चट की आवाज सुनकर दर्पण अपने दरवाजे पर आया और उनको पुकारते हुए बोला ...भाभी जी एक पजामी देना हेमू की, इसने सुसु कर दी।

ओहो ... आपके कमरे में गन्दा कर दिया इसने, अभी लती हूँ, कहकर मिसेज अधिकारी अन्दर चली गयी।

जब वो दर्पण के कमरे में आकर हेमू की पजामी बदलने लगी तब दर्पण को पता चल हेमू लड़का ही था, जैसे ही उसने अपना अंदाज सही समझा, मुस्करा दिया। गीले पोंछे से फर्श को भी साफ कर दिया उन्होंने। फिर हेमू को अपने साथ ले गयी।

दर्पण किचन में था जब किसी ने दरवाजे पर दस्तक दी, उसने दरवाजा खोला तो मिसेज अधिकारी थी।

...बिजी हैं क्या? दर्पण से पूछा।

...नही ... बस खाने की तैयारी चल रही है। उसने सरल सा जवाब दिया।

...ठीक है आप फ्री हो जाओ बाद में आती हूँ।

...कुछ काम था क्या? बताओ।

...नही-नही, इतनी भी जल्दी नहीं है, है जरूरी, आप फ्री हो जाओ फिर तसल्ली से बात करते हैं।

इतना बोलते-बोलते मिसेज अधिकारी अपने दरवाजे के अंदर चली गयी।

हाँ कहूँ या ना.....?

दर्पण एक बहुत बड़े बहम की शिकार हो गया। कुछ तो गड़बड़ है। मेरा और प्रीती का एक ही टाइम पर बालकनी में पहुँचना ...शायाद भाभी जी ने नोट करके रखा है। हो सकता है शायद किसी... और ने भी। अधिकारी जी बाहर जाने से पहले जरूर कह के गये होंगे ... जरा ध्यान रखना घर में जवान लड़की ...सामने वो ...अकेला ...। छोटी-सी बात बदनामी की जड़ बन जाती है। आजकल के लौंडे ... क्या पता ...क्या कर बैठें ...ज्यादा मुँह मत लगाना ...। भाभी जी की अधूरी बात का क्या-क्या मतलब निकलने लगा था। उसे पसीना छूटने लगा था। वैसे गर्मी बहुत थी मगर उसका पसीना छूटने की वजह गर्मी कम उसके मन की उलझन ज्यादा थी। ऐसा कुछ हुआ तो फिर ...दूसरा फ़्लैट देखना पड़ेगा। आस-पास मिलने से रहा। फिर ...कही ...नयी जगह तलाशानी होगी। अगर किसी ने पूछा भी तो क्या बताऊँगा क्या हुआ ... लड़की के चक्कर में ...। उसे कंपकपी छूटने लगी। भूख तो जैसे गायब ही हो गयी। बस एक बार ... वो बात सुन लेना चाहता था जो भाभी जी उससे कहना चाहती थी अभी के लिए यही सबसे अहम सवाल था उसके लिए।

खाना बन चुका था मगर उसने खाया नहीं था। बैड पर लेट गया। दरवाजे पर दस्तक हुई तो बैचेन हो उठा। भगवान का नाम जपने लगा। लड़की...प्यार-व्यार ... इन सब चक्करों में ऐसी नौबत आती है तो राम बचाए ऐसे प्यार-व्यार से। कुछ तो शक हो ही रहा होगा भाभी जी को। क्या भरोसा औरतों का ना जाने क्या-क्या झूठी कहानियाँ बना देंगी। एक बार ... लड़की के चक्कर वाला धब्बा ... कैरेक्टर पर लग गया ... तो बस ...पूरी जिन्दगी ...।

जब उसने दरवाजा खोला तो सामने मिसेज अधिकारी ही थी। आईये ... बैठीये ... बोलते हुए दर्पण के मुँह पर एक जबरजस्ती की मुस्कान थी मगर वो काँप रहा था।

मिसेज अधिकारी कुर्सी पर बैठी और दर्पण बैड के कोने पर बैठ गया।

...खाना तो खा लिया होगा अपने।

...हाँ-हाँ अभी फ्री हुआ हूँ ... हक्लाती जबान से झूठ को सच बताने की पूरी कोशिश की थी दर्पण ने।

...हमने भी खा लिया है, हेमू सो गया है अभी।

...इतनी गर्मी है, परेशान हो जाते हैं बच्चे भी... फिर मुस्कराने की कोशिश करता रहा।

मिसेज अधिकारी के हाथ में एक लिफाफा भी था। बैठे-बैठे वो उस लिफाफे से खेल सी रही थीं। दर्पण फिर कुछ सोचने लगा ...क्या हो सकता है इसमें ... मैंने तो ... कभी ऐसी गलती की ही नहीं। फिर ... क्यों डर रहा हूँ। किसी और ने ... भेजा ...प्रीती को। कहीं इल्जाम मेरे सिर ना आ जाय। मैंने तो उसे अपना नंबर तक नहीं दिया कभी। ना उसका फोन नम्बर माँगने की कोशिश ही की कभी। बार-बार ... एक ही टाइम पर ...बालकनी में ...किसी ने कुछ कहा हो ... देखा हो ... कुछ चक्कर है ... इन्फोर्मेशन भाभीजी को दी हो। दर्पण का मन अलग ही खयाली पुलाव पकाने में लगा था।

इतने दिन हो गये तुम्हारे भाईसाब को बाहर गये हुए। हैदराबाद गये हैं। आज तक नहीं बताया। आज बताया फोन करके। पीने-खाने के चक्कर में, सब भूल जाने वाले हुए। तुमने देखे तो थे उस दिन, जब तुम भी अपने भाईसब के साथ बालकनी में खड़े थे। वो जो शाम को आये थे हमारे यहाँ। मामा थे मेरे। मैं, हेमू, प्रीती तो मार्किट चले गये थे सब्जी लेने। जब तक घर वापस आते, तब तक सैट हो गये ठहरे। मामा भी और तुम्हारे भाईसाब भी। ये फोटो देखना जरा ... मिसेज अधिकारी ने लिफाफे से निकलते हुए जो उनके हाथ वाले लिफाफे में थी, निकलकर दर्पण की ओर बढ़ा दी। मामा जी लाये थे गाँव से। बौज्यू ने भिजवाई थी उनके हाथ। तुम्हारे भाईसाब ने बिना देखे ही, अलमारी के उपर सरका दिया लिफाफा। अब वहाँ जो किसी की नजर पहुँचती तो निकल कर देखने का खयाल आता। वो तो घर में मेरे बोज्यू से बातें हुई होंगी तब जाके खयाल आया, तब बताने वाले बन रहे ठहरे आज। ये लड़का देखने आने वाला है प्रीती को। बौज्यू ने कुण्डली भी मिला ली है। सब शुभ ही है। मिसेज अधिकारी अपनी बात कहते-कहते हँसने लगी। और दर्पण ... जैसे किसी चूहे के पीछे बिल्ली पड़ी हो और चूहा उससे बचना भी चाहता हो और सामने जाकर उससे भिड़ना भी ... मगर कैसे? ऐसी ही हालत हो गयी थी। तस्वीर देखकर दर्पण दंग रह गया।

हाँ कहूँ या ना.....?

शनिवार को आफ़िस का हॉफडे वर्किंग वाला दिन होता है। उसी दिन बॉस के आलीशान केबिन में उन्ही की ऊँची बेक वाली चेयर पर बैठकर, एक हाथ चेयर के हत्थे पर, दूसरा टेबल पर टिकाये, बड़े शान से बैठा था। साथ वाले सहकर्मी से खुद की फोटो खिंचवाई थी अपने फोन से। आज वही शानदार पोज वाली उसी की फोटो लेकर मिसेज अधिकारी उसी को दिखने लायी थी।

"मिनी खुलबे फोटोग्राफर की दुकान गयी है" ईजा की वो बात झट से उसे याद आ गयी। पिछली बार जब घर गया था तो मिनी ने जिद करके उसके फोन में से उसकी मेमोरीचिप को निकलकर अपने फोन में लगा लिया था।

...अपने लिए दूसरी खरीद लेना इसे मैं ले रही हूँ। नटखट-सी हरकत करते हुए मिनी ने चिप निकाल ली थी।

...इसमें बहुत काम की चीजें हैं, कह तो रहा हूँ दूसरी ला दूँगा।

...मैं कुछ भी डिलीट नहीं करूँगी, अपने लिए नया ले लेना।

...इसमें स्पेस ही कहाँ है अब, क्या फायदा हुआ लेने का तेरे लिये तो आठ जीबी की भी वैसी ही हुई चार जीबी की भी ...।

दोनों की बहस चल ही रही थी की ईजा बीच में बोल पड़ी।

दिनु ... तू बड़ा है ना। तुझे समझना चाहिए। दूसरी मिल जाती है तो ले लेना। मिनी छोटी है तुझसे। थोड़ा जिद करने का हक़ है उसको। और दिनु ईजा की बात मान गया। ईजा की बात से वो नाराज नहीं बल्कि उसे अपनी बहन पर और ज्यादा प्यार आया था। सबको ईकट्ठा रखने और प्यार बाँटने का तरीका, केवल ईजा ही जानती है।

दर्पण से कुछ कहा ही नहीं जा रहा था। उसे समझ भी नहीं आ रहा था कि उसे कैसे बात करनी चाहिए।

मिनी ने सबसे आच्छी तस्वीर को चुना था ताकि उसकी होने वाली भाभी उसके भाई की तस्वीर देखकर ही उस पर अपनी नजरें टिका दे।

ये फोटो ... मैं ... आपके। उसकी जबान लड़खड़ाने लगी। मिसेज अधिकारी कुर्सी से उठ खड़ी हो गयी। क्या हो गया? मुकरते हुए दर्पण से पूछने

लगी। दर्पण चुप हो गया था। सब लाइन पर आ जाते हैं शादी के बाद। ये वो लड्डु है जिसे खा कर पछताना ही आच्छा है। मिसेज अधिकारी ऐसे बातें कर रही थी जैसे खुश होकर दर्पण को चिढ़ा रही हों। ... मैं अभी प्रीती को भेजती हूँ यहाँ। आप दोनों बैठो। बातें करो। एक दूसरे को देखो- समझो। उसके बाद फैसला करना ठीक है। खड़े-खड़े इतना कहकर वो चली गयी। दरअसल वो भी यही चाहती थी कि बस ये रिश्ता हो जाये। दर्पण ने उनकी बात का कोई जवाब नहीं दिया बस मूक दर्शक की तरह उन्हें जाता देखता रहा।

प्यार भी क्या दर्द है। दर्पण के पाँव काँप रहे थे। धड़कन तेज थी। दिमाग चल रहा था ... दिमाग तो चल ही गया था। बस यही सोचने लगा ... जब वो यहाँ सामे बैठी होगी तो ... बातें ... क्या बातें होंगी? बस देखते ही रहे हैं आज तक एक-दूसरे को। कुछ कहा भी तो, माध्यम जरूरी था। रही एक-दूसरे को देखने की बात ... उसने जब मुझे पहली बार देखा था तो, मैं नंगा ... हाथ में गीला कच्छा था मेरे, दूसरी बार हाथ में चाकू लेकर खड़ा था उसके सामने। जिस प्यार को ईजा-बौज्यू के सामने जाहिर करने की हिम्मत जुटा रहा था, उसी के सामने आने से डर सा क्यों लग रहा है। जरा-सी ताक-झाँक किसी की नजर में आ गयी हो के डर से खाना तक नहीं खाया था।

ईजा-बौज्यू, दर्पण के मन में उमड़ती प्रेम धारा, कुदरत की कुण्डली ने भी बड़ी मेहरबानी की थी और बिना किसी विवाद के फैसला भी हक़ में ही आ रहा था।

काँपते पाँव, थरथराते होंठों से राम-राम जपने लगा था दर्पण। प्यार अगर ऐसा ही होता है तो राम बचाए, ऐसी हालत से। कुछ कहा भी न जाय और कुछ सहा भी न जाय। मिसेज अधिकारी कह कर गयी हैं ...साथ बैठ कर एक-दूसरे को समझना। समझना क्या है यही तो समझ में नहीं आ रहा था दर्पण के, मन जो इतना प्रफुल्लित था उसका।

बैड के कोने पर बैठा दर्पण, निढाल होकर पीछे की तरफ, बैड पर ही लुढक सा गया।

....

हाँ कहूँ या ना.....?

हाँ कहूँ या ना...?

सौरज्यु...चहा,

कृपाल सिंह के लिए इतने ही आँखर रह गये थे, जो उसे साफ़-साफ़ सुनाई पड़ते थे, बीना के मुख से।

चाय का गिलास अपने सौरज्यु के सिरहाने के पास रखकर, सिर से सरकती धोती का किनारा सँभालते हुए, बीना गोठ के खन की तरफ लौट गयी थी।

धर दे बाबु ...

करवट बदलकर, पेट के बल लेटता हुआ कृपाल सिंह रोज इसी तरह बीना को जवाब देता। फिर बिस्तर में ही लेटे-लेटे, तकिये पर कुहनी टिकाये चाय पीता।

चाय पीकर बुढ़ाये शरीर को समेटकर सिरहाने की दिवार पर पीठ लगाये हुए, सामने की दिवार पर लगी तस्वीर, जिस पर माला चढ़ी थी, टकटकी लगाये देखता रहता।

दिवार पर बड़े से फ्रेम में लगी तस्वीर कृपाल ने छब्बीस साल में गुजर चुके बेटे की थी। पूरन कुमाऊ रेजिमेंट में था। पाकिस्तानी सीमा पर तो झड़पों की खबर रोज ही मिलती हैं। सीमा पर तैनात पूरन भी ऐसी ही एक झड़प में देश के लिये शहीद हो गया था।

कृपाल सिंह को जब कभी भी उससे फोन पर बातें करने का मौका मिलता था तो...वो कितनी गर्वीली आवाज में बताता था...बौज्यू यहाँ तो गोलियाँ ऐसे बरसती हैं जैसे गर्मियों में चिट्टृ घाम लगे में कारुड़ पड़ने लगते हैं। बेटे की बातें जैसे आज भी कृपाल के कानों में गूँजने लगी थी। आँखों में पानी उतरने से तस्वीर धुंधली दिखने लगी थी। पाँवों पर रखे कम्बल को एक तरफ सरकाकर, हथेली फर्श पर टेकता, गहरी साँस भरता, बड़ी मुश्किल से बिस्तर से उठा था कृपाल सिंह।

कृपाल पुरुष होने के दर्प से...पानी भर आयी आँखें, काँपते गाल और होंठ, हिया में भरा दर्द, जताकर किसी को दिखाना नहीं चाहता। सीढ़ियाँ उतरा और आँगन की चार दिवारी की तरफ बढ़ने लगा। आँगन की चार दिवारी के पास खड़े-खड़े कान में जनेऊ लपेटता हुआ, गुसलखाने की तरफ मुँह करके, मुँह छिपता हुआ बढ़ने लगा।

बीना रोज ही सुबह जल्दी उठकर धारे से एक गगरी पानी भर लाती थी। फिर ताजे पानी से चाय बनाकर सास-ससुर को चाय देती। वो खुद चाय पीती नहीं थी। उठने के साथ ही बीना अपनी दिनचर्या को खुद ही कुछ तयसुदा कार्यों में बाँधकर रख लेती ताकि व्यस्तता के चलते उसे बाकी कुछ ध्यान ही न रहे। मगर ये सब बस असंभव को संभव बनाने की...कोशिश जैसा ही...प्रयास मात्र का...अभ्यास भर ही रह गया था जैसे।

सर्दियों की हल्की धुंध थी। ठण्ड भी काफी थी। जब मालखन से उठकर बीना को बाहर की तरफ जाता देखा तो उसकी सासू भी उठ गयी थी। जब तक बीना धारे से पानी भरकर लौटती उसकी सासू ने अँगीठी में आग जला दी थी। सिर से पानी की गागर बिसाकार बीना कुछ देर अँगीठी के पास बैठी, हूँ जैसे ठन्डे हाथों को तपाया और फिर उठकर जुट गयी अपने काम पर। अँगीठी से जलती हुई लकड़ी लेकर चूल्हे में लगा दी। केतली में गागर का ताजा पानी रखकर चूल्हे पर चाय चढ़ा दी। कनस्तर से परात में आटा निकलने लगी। क्लयौ के लिए सब्जी तो रात की ही बची थी। रोटियों के लिये आटा गूँथने लगी। इस तरह सुबह जल्दी उठकर काम में जुटकर बीना, बिना बोले, बिना कुछ कहे, दिन भर काम में जुटी रहती। बीना चाभी भरी उस गुडिया की तरह लगी रहती, जिसमें चाबी भर दी तो बस, वह तब तक चुपचाप नाचती रहती है, भले ही उससे कोई खेले या ना खेले, जब तक की चाबी खत्म न हो जाय।

छः महीने ही हुए थे शादी को...और...अब...बरस बीत चुके थे...माँग

हाँ कहूँ या ना.....?

उजड़े। शादी से पहले बहुत बातूनी थी बीना। हर बात को हँसी-मजाक में कहना-बोलना उसका स्वभाव था। मगर अब ...जिन्दगी में इतनी शांत हो जाएगी, उसे जानने वालों ने शायद कभी सोचा भी नहीं होगा।

"गिच जरा कम-कम चलायाकर" कैसे उसके मुँहफट स्वभाव पर उसकी ईजा उसे आँखें दिखाकर, दाँत पीसकर उसे डराकर, समझाने की कोशिश करती थी। मगर उस पर रत्ती भर भी असर नहीं होता था। बीना पर से, ईजा के दिखाए गुस्से का असर कुछ सेकेंड में ही गायब हो जाता था। बीना अपनी ईजा की नक़ल उतारते हुए अपनी जबान पहले की तरह फिर से चलाने लगती थी। लेकिन अब...सब कुछ...या कहें...उसने ईजा के मन मुताबिक़ भी बोलना छोड़ दिया था। अब जब कभी उसके मायके से फोन आता, उसकी ईजा फोन पर बीना-बीना पुकारती रह जाती थी। मगर बीना... "ईजा पैलग"...कहने के बाद चुप हो जाती। फोन को कान पर चिपकाये रहती। अपनी ईजा की बातें सुनती रहती। जब तक कि उसकी ईजा खुद फोन नहीं काट देती। मगर बीना बोलती कुछ नहीं थी।

चंचल, अलहड़, जिन्दगी का मतलब मौज-मस्ती कहने वाली बीना...शांत और...एक गुमशुदा जिंदगी जीने लगी थी।

••

कांता बेटे को खो देने के बाद, सदमे में डूबी, चिड़चिड़ाहट से भर गयी थी। आस-पड़ोस की औरतें जब साथ में बैठती, तो सास अपनी बहू की, और बहुएँ अपनी सासुओं की बुराइयाँ करती थकती नहीं थीं। पूरा दमखम लगाकर, बढ़ा-चढ़ा कर ही करती, चाहे तारीफ करें या बुराई। मगर...कांता ...बेचारगी से भरी शक्ल लिये हुए बस...सिर्फ सुनती रहती। वक्त गवाह है। हमेशा से ऐसा ही होता आया है। कितनी ही किस्से कहानियाँ बनी हैं। रची गयी हैं। सास-बहू की नोंक-झोंक पर। शायद...बीना का गुमसुम रहना...झिकझिक करने वाली सासुओं की लिस्ट में खुद का नाम दर्ज कराने की ख्वाहिश पर ताला लगने जैसा

ही महसूस करने लगी थी कांता। अपने भाग्य को ही कोसती कि क्यों उसके भाग्य में लड़ना-झगड़ना तक नहीं।

बाकी औरतों की फसक सुनते-सुनते वो चिढ़ने लगती। शायद उसका भी मन करता ही होगा, बहू से लड़ने-झगड़ने का, बहू की खामियाँ निकालने का... अफ़सोस...ऐसा मौका देती ही कहाँ थी बीना। घर का पूरा कामकाज बिन बताये, तय समय पर...आखिर लड़ने के लिए भी तो कोई वजह ...सामने लड़ने वाला भी...चाहिए की नहीं? कांता अपनी इच्छाओं को दबाये, मुरझाया, खिसयाया चेहरा लेकर, औरतों के बीच से उठकर, चुपचाप अपने घर चली आती थी।

दूसरी औरतों की बातों से पैदा, मन की जलन और कड़वाहट किसी न किसी बहाने से बीना पर उगलना चाहती थी मगर बीना थी कि अपने को जानबूझ कर व्यस्त रखती। सासू की सुनती सब, मगर जवाब में उसके मुख से एक भी बोल ना निकलता। आखिर थकहार कर कांता खुद ही फफक-फफक कर रो पड़ती।

"ब्वारी.....किस मिट्टी से बनी है तू। कुछ तो बुलाया कर। एक आंखर तो बोल। मेरे मुख से इतने कुआँखर सुनकर तो बुला जरा। उम्मर भर दगड़े जो क्या रहेंगे? जरा अपनी ओर देख उमर ही क्या है तेरी? कैसे काटेगी? जब अपनी ही कही बात पर कांता सफाई देती तो बीना बस नजर भर उठकर सासू की तरफ देखती। सरककर पास आकर, सिर झुकाए चुपचाप सामने बैठ जाती। उनके भाव ऐसे होते जैसे...आगे कुआँ पीछे खाई...जैसे...बाघ के सामने खड़ी बकरी ने खुद को बाघ के सामने समर्पण कर दिया हो, और बाघ भी उसे देखता ही रहे, और ये सोचने लगे कि जब हम दोनों ही यहाँ से निकल नहीं सकते तो बकरी की जान बख्शकर कुछ तो दया दिखाई जाय, साँसों की गिनती जब नियति के हाथों है तो क्यों न अपने-अपने हिस्से की साँसें हम दोनों ही पूरी-पूरी लें।

....

घर के सारे काम निपटाकर, बीना ने कंधे पर डलीया टाँगी, छानी के कानस में रखी दराती उठाने के लिए हाथ बढ़ाया तो वही दाथुल उसके हाथ लगा जिसके

हाँ कहूँ या ना.....?

हत्थे के पीछे छल्लों की छनक ने पुरानी यादों को कुरेद दिया। दरअसल बाकी के दाथुल कांता ने बिशन राम ज्याड़ज्यू को कारने दे रखे थे। बीना के हाथ में वही दाथुल था, जो शादी के दिन, डोली में बिछी दरी में उसके पाँवो के निचे रखा गया था। कितने कम समय में क्या से क्या हो गया। और अब...न माथे पर बिंदिया, न माँग में सिंदूर, न कानों के झुमके उलझते हैं अब, न हाथों में चूड़ियाँ खनकती हैं, और न ही पैरों के पाजेप के घुंघरू की छमछम ही होती है। शादी के दिन के इस छुड़काली दाथुल की छनछन ने एक सुरसुरी लहर सी दौड़ा दी बीना के शरीर में। और वह आपने ही भीतर...मन में दबी पोथियाँ बांचने लगी।

जिस दिन पूरन पहली बार उससे मिला था...उसे देखने ही तो गया था उसके घर। चाख के खन पूरन...और भी दो-चार लोग बैठे थे। पूरन खिड़की के पास बैठा था। कुछ सहमा सा। सबसे नजरें बचाता। खिड़की से बाहर झाँक रहा था। चौथरे में खड़ी बीना...वो जान चुकी थी कि खिड़की से पूरन की नजर पड़ रही है...फिर भी वो अनजान बनी थी। पूरन भी सुन रहा था कि उसे उसकी ईजा की डांठ पड़ रही है। गोठ के खन से बस ईजा की आवाज ही सुनाई दे रही थी। "जरा सऊर सीख सऊर, चुन्नी कहाँ हैं तेरी? ले चाय ले जा अन्दर, चुन्नी सिर पर रख कह रही हूँ।" ईजा की सीख को मजाक में लेना...बीना का चुलबुला पन... तपाक से बोल पड़ी...ईजा चुन्नी अपने सिर पर रखूँ या जो आये हैं भतेर जाकर उनके सिर पर रख दूँ। ईजा को कुछ कहते नहीं बना था, बस एक थपकी लगा दी थी उसकी पीठ पर।

जात, बिरादरी, खानदान, कुण्डली का मिलान सब कुछ तो हो चुका था। पूरन तो जैसे हाँ कहने ही आया था। चाय के गिलासों से भरी थाली को दरी में सरकाते हुए कनखियों से देखा था उसने पूरन को। वो भी उसे ही देख रहा था। कुछ देर के बाद उन दोनों को अकेले में बात करने का मौक़ा दिया गया। कुछ देर तो दोनों के बीच कसमसाहट ही रही। फिर पूरन ने ही मौन तोड़ा...कोई दिक़्क़त वाली बात तो नहीं है ना मन मैं...अगर कुछ...जो मन...है...अभी बता देना साफ़-साफ़। मेरे बारे में तो तेरे ईजा-बौज्यू ने बता ही दिया होगा। बाकी तुझे कुछ पूछना है तो पूछ ले। दोनों को बगल वाले खन के मालखन बिठाया

गया था।

मालखन लगे बैड पर दोनों अलग-अलग कोनों पर बैठे थे। मैंने क्या पूछना-पाछना ठहरा। ईजा-बौज्यू ठरा रहे हैं तो ठीक ही ठरा रहे होंगे। वैसे तो मुझे बीड़ी, सिगरेट, शराब पीने वालो से बड़ी चिड़ मचने वाली हुई पर...फ़ौजी ठहरे पीते ही होंगे। बीना अपनी बात एक साँस में कह गयी। पूरन को हँसी छुट गयी। ये सवाल वो सवाल था जो हर लड़की शादी के प्रस्ताव रखते लड़के से करती ही थी। शत प्रतिशत यही सवाल। और लड़के भी, कुछ एक को छोड़ कर सभी एक ही जवाब देते...नही पीता हूँ। और बाद में आपस के झगड़े-टंटे की यही सबसे मुख्य वजह बन जाती ...झूठी बात। अब जवाब पूरन को देना था...।

यादों की माला फेरती बीना को पता भी ना चला कि वो कितनी दूर, अकेली ही, चली आई थी, जंगल में घास के लिए। उसका उससे पहली बार मिलना, पूरन के चेहरे पर उस आधिकारिकता जताने वाली हँसी का खिलना, वो चेहरा बीना की आँखों के सामने उभर आया। बीना का मुखड़ा रुआँसा से भरने लगा। शादी...महीने भर की पूरन की छुट्टीयों में उसके साथ, जेवरों से लदी, सुहागनों वाले जोड़े में लिपटी, रंगीला पिछौड़ ओढ़े, कितने ही थानों में पूजा-पाठ के लिये जाना, बार-बार साड़ी के बोर्डर पर लगे तारों का पजेपों में फँसना, झुककर सुलझाना, चलने में फिर से सुनाई देने वाली छमछम... दाथुल के कुण्डलों की एक छनक ने जैसे उन यादों को फिर से...और वो दिन जब तिरंगे में लिपटा पूरन घर आया। पति के न रहने पर कितनी ही औरतों को रोते, बिलखते, बेजान शरीर को देख, दाँत सिलकर बेहोश होते, भीड़ लगाई औरतों को उनके हलक में पानी उड़ेलते...कितनी ही बार वो देख चुकी थी। मगर उसके साथ ऐसा कुछ नहीं हुआ। वो तो बेजान काठ हो गयी। उससे हाथों की चूड़ियाँ, माथे की बिंदिया, सिंदूर, गले का चरेऊ सब नोंच लिया गया। वो तो अपलक ये सब होते देखती रह गयी थी। न तो उसके गले से कोई बोल फूटे और न ही आखों से पानी ही, और...ये सब...इतनी जल्दी...जैसे सपना देख रही हो।

अपनी ही धुन में चलती बीना भूल चुकी थी कि वो कितनी दूर निकल आयी है। उसकी साड़ी का पल्ला एक कटीली बेल में उलझ गया। आगे चलने

की धुन में उसकी साड़ी का पल्ला फट गया। वो रुक गयी। जैसे किसी ने उसका पल्ला पकड़ लिया हो। उसे लगा जैसे पूरन उसके पीछे-पीछे चलता उसे कह रहा हो, बस...अब और आगे नहीं।

....

घास की डलिया छानी में बिसाकार जब घर के चौथरे में पहुँची तो कांता ने उसे टोक दिया फटी हुई क्यों पहनी है धोती? अच्छा जो क्या लगता है। कितनी ही बातें बना देंगी, जो देखेंगी। इस गाँव की औरतों को कम समझती है क्या? जो देखेगा...जा पहले बदल ले।

मालखन साड़ी बदल कर फटी साड़ी का पल्लू हाथ में लिये बीना फिर से अपने ही ख्यालों में उतर गयी।

कितना झगड़ी थी उस दिन अपने भाई से, जब उसकी शादी से बस एक महीने पहले उसका भाई, दिल्ली से शादी का सामान छोड़ने घर आया था।

...छोटी के लिये तो ले आया, मेरे लिए क्यों नहीं लाया सूट।

शादी थी एक महीने बाद मगर बीना का बचपना था कि रुकने का नाम ही नहीं ले रहा था।

...सूट का क्या करेगी? साड़ियाँ लाया हूँ और ला दूँगा, कह तो रहा हूँ।

भाई समझाता रहा था और बीना ने जिद नहीं छोड़ी थी।

...साड़ी-साड़ी...हू...सूट नहीं पहन सकती क्या? पैसे दे जाना...मैं अपने आप ले लूँगी।

...गोदरेज की अलमारी में साड़ियों की तह के नीचे दबे सूट, बीना की जिद पर खरीदे गये। और अब नजर पढ़ने पर जैसे उसका मुँह चिढ़ाते थे।

अब जब वो साड़ियाँ ही पहनना चाहती है तो...अब वो भी...बदरंग हो गयी। बीना अपने होंठ अन्दर से काटती...चुपचाप देर तक खड़ी रही।

....

ह्यून भर भाबर के घाम तापकर जैसे पंछियों के झुण्ड रुड़ पड़ते ही पहाड़ों की तरफ लौट आते हैं, उसी तरह शहरों में बसे पहाड़ी लोग भी गर्मियों में छुट्टियाँ बिताने पहाड़ों का रुख कर लेते हैं। बैशाख, जेठ में लगनों के टैम...कितनी भीड़-भाड़ से भर जाते हैं पहाड़ों में गाँव। हर तरफ चहल-पहल।

जगदीश भी घर आया था। बीना का देवर। बीना और जगदीश ग्यारहवीं, बारहवीं में सहपाठी थे। सब कुछ तय हो जान के बाद ही जगदीश को पता चला था कि जो बीना उसे स्कूली दिनों में जगुवा-मघुवा कहकर चिढ़ाया करती थी, अब उसकी भौजी बनने वाली है।

जिस दिन जगदीश घर पहुँचा...पूरे दिन, चुपचाप, गुमसुम, बेखयाली में जीती बीना...अपनी भौजी के बारे में सोचता रहा। दिन तो कट गया मगर रात जैसे उसके लिये अंतहीन हो गयी। स्कूली दिनों की उस बीना को आज की बीना से जोड़कर देखता रहा, कहीं कोई मेल ही नहीं रह गया था अब।

जगदीश ने निश्चय कर लिया, जैसे भी हो, बिना को इस गुमशुदा जिन्दगी से उबारेगा। मगर कैसे...? सूझ तो उसे भी नहीं रहा था।

•••

सुबह जल्दी उठकर बीना अपने कामों में जुट गयी थी। जगदीश भी उठ गया था। आज उसने ठान रखी थी कि दिन भर कहीं नहीं जायेगा। कुछ भी करना पड़े। बीना की चुप्पी तोड़ कर रहेगा। सहपाठी रहने की वजह से उसे बीना को भौजी कहना जरा अजीब सा लगता था। आदर ना करके नाम लेकर पुकारना भी उसे ठीक नहीं लगता। बस...आप, तुम कहकर ही काम चला लेता था।

एक बाल्टी पानी मुझे भी दे दो, मघू भी खाली पड़ा है। चौथरे के किनारे खड़े जगदीश ने आवाज दी। आवाज सुनकर, गोठ के खन के दरवाजे के पास से चौखट पकड़कर बहार झाँकती बीना को देख जगदीश फिर शुरू हो गया... क्यों, क्या हुआ? अरे में ही हूँ बोलने वाला, जगुवा-मघुवा। जगदीश के लहजे

60हाँ कहूँ या ना.....?

ने जैसे हल्की सी दस्तक दी थी बीना के गुमसुम मन में। एक अर्से से गुम हो चुकी मुस्कान...किनारियों से हल्के से मुड़ते बीना के होंठ...मुस्कान...कई तहों के नीचे दबी...जगदीश जैसे लौटा लाने की शुरुआत में कामयाब हो रहा हो। वैसे जगदीश बाथरूम में पानी से भरी बाल्टी का पानी पहले ही फैला चुका था।

डलिया कंधे पर लटकाये बीना जब घास को जाने लगी जगदीश ने फिर छेड़ने वाले अंदाज में कहा तिल-चीनी को कुटूर पाड़के ले जाने की आदत छूटी की नहीं। बीना ये सुनकर रुकी और मुड़कर उसे देखने लगी। मगर उसके चेहरे के भाव ज्यों के त्यों बने रहे, कोई बदलाव नहीं आया। ले भी जाओगे तो, मैं कुछ कह जो क्या रहा हूँ। खा जो क्या दूँगा। अब...वो तो स्कूल में साथ बैठने वाले ठहरे...चोर देने वाला ठहरा। अब घास को जो क्या आ रहा हूँ साथ में।

इस बार जगदीश ने बीना की आँखों में देखा। उसे लगा...जैसे वो खुद को निर्दोष बता रहीं हों, वो रोना चाहती हों, मन हल्का करना चाहती हों, फिर से खुश रहना चाहती हों।

....

पधान बाखली में बारात आनी थी शाम को, सुबह गणेश पूजा का कार्यक्रम था। बीना घास के लिये चली गयी। कांता भी हाथ में दूध का लोटा, तिमील के पतेल से ढँककर, लेकर चली गयी थी पधान बाखली। कृपाल का जाना स्वभाविक ही था। कांता के जाने के बाद थोड़ी देर रुककर, तमाखू पी लेने के बाद, वो भी वहीं, पधान बाखली को चल दिया। अब घर पर जगदीश अकेला था, उसे कुछ सूझ नहीं रहा था कि वो क्या करे?

थोड़ी देर सीढ़ियों पर बैठा रहा। उसे कुछ बैचेनी-सी होने लगी। घर के गुमसुम माहौल के बारे में सोचना, उसकी बैचेनी को और भी बढ़ा रहा था। जो उसे चैन से बैठने भी नहीं दे रहा था। उसे गोठ, तालखन, मालखान कितने ही चक्कर लगा लिये थे।

आखिर में उसकी नजर उस पुराने, झोल से काले पड़े संदूक पर जाकर रुकी, जिसमें स्कूली दिनों में किताबें भरी रहती थी। कितना काला पड़ चुका था। धूल, मिट्टी...और ये झोल...जबकि ईजा की पुरानी सूती धोती से ढँका हुआ भी ठैरा फिर भी खोलकर उसमें रखी किताबें...दुनिया के पन्द्रह सौ अजूबे...जो स्कूल की लाइब्रेरी से ली थी, मगर लौटाई नहीं थी, इंग्लिस स्पीकिंग कोर्स...छटी से ए, बी, सी की शुरूआत को इंग्लिश में कमजोर रहने की वजह मानकर खरीदी थी, कुछ अखबारों की कटिंग और एक अखबार में स्कूल की ग्रूप फोटो लिपटी रखी थी, उलट-पलटकर देखने लगा।

बड़े साइज की...स्कूली दिनों की फोटो निकालकर गौर से देखते हुए, एक-एक चेहरे को पहचानने की कोशिश करने लगा। सभी तो आसमानी कमीज और खाकी पेंट पहने थे। लड़के-लड़कियाँ सभी के चेहरे पहले पहल उसे एक जैसे ही दिखे, फिर ध्यान आया कि लड़कियों ने तो सफेद दुपट्टा भी लटकाया है। एक तस्वीर पूरन की बारहवीं की परीक्षाओं से पहले स्कूल से मिली विदाई की थी और दूसरी खुद उसी की।

दोनों भाई एक ही राजकीय इण्टर कॉलेज में पढ़ते थे। जिस साल पूरन बारहवीं करके आगे की पढ़ाई के लिए बाहर गया उसी साल जगदीश ने भी दसवीं करके दूसरे इण्टर कॉलेज में दाखिला ले लिया था। पूरन आर्ट का छात्र रहा, जगदीश साइंस का। पहले वाले स्कूल में साइंस के टीचरों की कमी की वजह से उसे दूसरे इण्टर कॉलेज में जाना पड़ा था।

दोनों तस्वीर हाथ लिये जगदीश तालखन चाख में आ गया। बड़े से फ्रेम में, दिवार में लगी, भाई की फ़ौज वाली फोटो देखता, फिर स्कूली वर्दी में, ग्रूप फोटो में, बीच में खड़े भाई को। कोई ज्यादा अंतर नहीं था। बस स्कूली फोटो में मूछें हल्की और कुछ कुछ भूरापन लिये हुए थी। जगदीश का गला रुँधने लगा, छाती में एक दर्द भरने लगा, उसकी आँखें बहने लगीं।

दूसरे स्कूल में दाखिला लेने से ही जगदीश और बीना एक ही क्लास में पढ़े थे। वैसे जगदीश साइंस का छात्र और बीना संस्कृत, गृह विज्ञान के विषयों के साथ आर्ट की छात्रा थी। उसके लिए तस्वीर में बीना को पहचानना मुश्किल

हाँ कहूँ या ना.....?

जो क्या था। पैंसठ बच्चे और उनके पीछे खड़े अध्यापकों में बीना के चेहरे की चंचलता अलग ही थी। जगदीश आज उसी चंचलता को बीना के चेहरे पर दुबारा लाने की कोशिश में अपना दिमाग लड़ा रहा था।

....

सेक्शन-अ आर्ट, सेक्सन - ब साइंस। साइंस और आर्ट के विषय अलग-अलग, तो कक्षाएँ भी अलग-अलग लगती थीं, बस एक हिंदी को छोड़ कर। वैसे तो आर्ट वालों के लिए 'साहित्यिक हिंदी' और साइंस वालों की लिए 'सामान्य हिंदी' लेकिन किताब एक ही थी।

बीना की बेबाकी, निडरता, कुछ-कुछ झगड़ालू भी, दूसरों का मजाक उड़ाने में अव्वल, उसकी आदतों से ही उसे सब पहचानते थे।

जगदीश के मन में स्कूली दिनों के खयाल उभरने लगे।

हिंदी के अध्यापक, बौरा जी, हाथ में बेंत लिये बगैर कभी कक्षा में आये हों ऐसा कुछ याद नहीं। चश्मा नाक पर टिका रहता था। पढ़ाते वक्त किताब हाथ पर लेने की उन्हें कभी जरूरत नहीं पड़ती थी। उस दिन जब बौरा जी कक्षा में आये, पेज नंबर बोलकर सभी को किताब खोलने को कहा। घूम-घूमकर हिंदी-पद्य का पाठ करना शुरू ही किया था कि बीना तपाक से बोल पड़ी

...सर...बीच का एक पाठ तो खा दिया आपने।

चश्मे के ऊपर से आँखें फैलाते हुए बौरा जी ने गुस्से से बीना की तरफ देखा था।

...मुझे मालूम है। वो पाठ केवल साहित्यिक वालों के लिए है। अभी जब सामान्य और साहित्यिक हिंदी वाले एक साथ बैठे हों तो जो मैं पढ़ा रहा हूँ ध्यान से पढ़ो। वैसे बाकी बच्चे तो खुश ही थे। पता सबको था। बौरा जी एक पाठ खा गये हैं। मगर बेंत हाथ में लिये बौरा जी कक्षा में घूम-घूमकर पढ़ाते थे, कुछ तो भय था ही, इसीलिये किसी ने बीच में टोकने की हिम्मत नहीं दिखाई थी। बीना ही थी निडर, जिसने बौरा जी जैसे सख्त मिजाज अध्यापक को बीच में टोका था। जगदीश का मन और भी ज्यदा रुआँसा हो गया। वर्षों बाद भी उसे वो

दिन...और वो उस पाठ का नाम भी याद करने की कोशिश करने लगा...मालिक .. मुहम्मद जायसी...वियोग वर्णन...। काश उस दिन बौरा जी ने सामान्य हिंदी वालों को भी वो पाठ पढ़ा दिया होता तो आज बीना की व्याकुलता, पीड़ा, विरह वेदना को कुछ और अधिक बेहतर समझ पता...शायद।

....

दोपहर के खाने में सासु के कहने पर

...भौल मानता है जगदीश पौतिंग की चटनी...।

बीना ने झोई-भात, पौतिंग की चटनी, बजारि खीरे, घर के प्याज का सलाद, थोड़ी-सी भट्ट की चुड़काड़ी भी, सब तैयार कर दिया था।

चारों जन, गोठ के खन, काठ की चौकियों पर, चुपचाप बैठ गये थे। आवाज थी तो बस, गर्मियों में मक्खियों की भिनभिनाहट की।

चारों का यूँ गुमसुम बैठना, जगदीश को अखरने लगा था। ईजा ने जब थाली सजाकर जगदीश की तरफ सरकायी तो जैसे उसे फिर मौका मिल गया बातें बनाने का।

...क्या बात है, इतने प्रग्यार, अब काम आ रही है गृह विज्ञान की पढ़ाई। लघड़, परसात, चुड़कानी, डुबुक, चिल्हाड़, छऊ, यही सब बनाना सीखा ठहरा। जगदीश की बात पूरी भी नहीं हुई थी कि...बीना को खाँसी हो गयी, कुछ भात के सित गले में फँस से गये थे शायद। पानी का लोटा उसकी तरफ बढ़ाते हुए जगदीश फिर से बोलने लगा

...माठु - माठ, स्कूल में जो क्या हो, जो मैं थकुल, कढ़े छिपा दूँगा।

पानी पीकर होठों से पानी पोंछती हुई...बीना मध्यम-सा मुस्करा दी। जगदीश अंदाजा लगाने लगा...ये खाँसी नहीं, एक लम्बे समय से दबी हँसी थी, जो छलक जाने के लिए जगह बना रही थी।

कृपाल सिंह का ध्यान भी उसकी इस तरह की हँसी पर गया था। बीना के मुख को देख, कृपाल को भी ऐसा ही लगा, जैसे कि उसके सिने में रखा भारी बट्टे का वजन रत्ती भर सरक गया हो।

हाँ कहूँ या ना.....?

जगदीश और बीना, स्कूल की, एक ही घटना को, एक ही समय पर, एक ही साथ, याद करने लगे थे।

गृह विज्ञान का प्रैक्टिकल था। सभी लड़कियों ने आपस में मिलकर तय किया था कि कौन-कौन, क्या-क्या सामान, लेकर आयेगी। स्कूल में अध्यापकों और सभी स्टाफ कर्मियों को चाय-पकोड़े, समोसे, आलू के गुटके, वहीं स्कूल में ही बनाकर खिलाने का कार्यक्रम तय किया गया था। मिट्टी का तेल और स्टोप, कढ़ाई, परात, थाली, करछी, कुछ न कुछ लेकर सभी आये थे। बाकी का सामान जैसे तेल, बेशन, मिर्च-मसाले, वगैरा-वगैरा, सभी ने पैसे जमा करके, बाजार से खरीद लिये थे।

तय कार्यक्रम के मुताबिक़ बारहवीं की छात्राओं ने सब कुछ तैयार करके अध्यापकों और स्टाफ कर्मियों को खिलाया था। प्रैक्टिकल पूरा हो चुका था। सारे बर्तन माँझकर सभी लड़कियों ने अलग-अलग करके, अपने-अपने झोलों में रख लिये थे। ये सब देखकर लड़कों को शरारत सूझने लगी थी कि कैसे लड़कियों को परेशान किया जाये। अगली कक्षा लड़कियों की संस्कृत थी और लड़कों की इंग्लिश। इंग्लिश की कक्षा में भी सेक्शन अ और ब के लड़के एक साथ ही साथ बैठते थे। लड़कियाँ अपने झोलों को डेस्कों पर ही छोड़कर, हाथों में संस्कृत की किताब लिये दूसरे हॉल में चली गयी थी। जब तक सारे लड़के इकट्ठा होते, अध्यापक कक्षा में आते, शरारत करने वाले अपना काम कर चुके थे। सब लड़कियों के झोलों से बर्तन निकालकर आपस में मिला दिये और कुछ छुपा भी दिये थे। अगली कक्षा हिंदी की थी और सभी को एक साथ ही बैठना था। लड़कियाँ जब वापस कक्षा में आयी, सब उल्टा-पुल्टा देख लड़कों पर टूट पड़ी। चिल्लिचें...शोर-शराबे से पूरा हॉल गूँजने लगा। वो तो अच्छा हुआ उस दिन बौरा जी आये नहीं थे स्कूल में, नहीं तो धुनाई पक्की थी। चन्याल जी ने आना था, वही तो आते थे हमेशा, हिंदी की कक्षा में जब बौरा जी स्कूल में नहीं होते थे। चन्याल जी के बारे में सब जानते थे...बड़े मजाकिया हैं मासाप। चन्याल जी कक्षा में आये। हल्ला-गुल्ला सुनते रहे, किसी को कुछ नहीं कहा। बड़ी शांति से कुहनी मेज पर टिकाये दोनों हथेलियों से अपने गालों को दबाये बैठ गये। नजरें

पूरी कक्षा में घुमाते रहे। बच्चों में उनका कोई डर नहीं था। आपस में बातें चल ही रही थी। कुछ देर चुप रहकर मासाप ने बोलना शुरू किया

...चलो आज ऐसा करते हैं...फसक मारने की प्रतियोगिता करते हैं...देखते हैं कौन कितनी फसक मारता है...और कितनी अच्छी फसक मारता है। मासप ने बोलना बंद किया, अब सारे बच्चे सन्न, एकदम चुप। किसी को समझ नहीं आया, मासाप क्या कह गये? थोड़ी देर शांति बनी रही। मासाप कुर्सी से उठे और बोलने लगे...ये हुए बच्चे, इतने अच्छे बच्चे तो देखे ही नहीं ठहरे आज तक। इसी तरह शांति का दान दें। मैं भी जरा अपना रजिस्टर का काम निबटा लेता हूँ। बड़ा भारी जो क्या ठैरा, पर करना तो ठैरा ही...अभी आता हूँ हाँ मैं। बड़े ही मुलायम तरीके से बोलते हुए चन्याल जी कक्षा से बाहर चले गये। उनके जाते ही फिर से शोर-शराबा शुरू हो गया।

बीना जगदीश की हरकतों से पहले से ही वाकिफ थी। पहले भी जगदीश ने बीना के झोले से तील-चीनी निकालकर खा लिये थे और उसकी जगह पर उसके झोले में मिट्टी का कुटुर पाड़ कर रख दिया था। बीना सीधे जगदीश से ही भीड़ गयी थी।

...कहाँ रख दिया रे...जागुआ-मघुआ...मेरी ईजा ने मुझे कच्चया देना है... ढ्याडु, थाली कहाँ छुपा दी तूने?

जगदीश भी कम नहीं

...आये थे अभी चन्नरराम जी (चन्दनराम जी), ले गये। तुम्हारे हाथ की इतनी मिट्टी जो लग गयी ठहरी। जा के देख ले, थाली अभी भी उँगली से चाट रहे होंगे।

जगदीश की बात सुनकर सारे लड़के हँसने लगे। बीना पूछती रही, जगदीश मजाक बनाता रहा।

...मुझे खिलाये थे पकोड़े, आलू के गुटके, मुझसे जो पूछ रही है? उन्ही से जाकर पूछ जिन्होंने खाये हैं।

फिर एक बार लड़कों में हँसी की लहर दौड़ गयी।

...अरे तुझे भी खिला दूँगी। रखे हैं एक टिफिन भर के। पहले बर्तन तो दे दे। नहीं तो ईजा घर नहीं आने देगी मुझे।

इतना कह के बीना अपने डेस्क से वो टिफिन लेकर जगदीश के पास गयी जिसमें पकोड़े रखे थे। दो पकोड़े निकालकर उसके हाथ में धर दिये।

...अच्छे बने हैं, बस जरा नमक ज्यादा है। टिफिन क्या घर ले जायेगी... अपनी ईजा के लिए।

इतना कहकर जगदीश ने उसके हाथ से टिफिन छीन लिया।

जगुवा-मघुवा कहीं का...सब खा ले...अब बता तो दे बर्तन कहाँ रखे हैं?...

भात खाते समय कृपाल सिंह भी अब बार-बार आँखें उठाये दोनों को देख रहा था। बीना के चेहरे की उदासी जैसे मंद पड़ रही थी। स्नेह, वात्सल्य से भरे हृदय की...अब तक की अनसोची बातों की कल्पनाओं को आने से कृपाल सिंह रोक नहीं पा रहा था।

· ·

उधर बीना के मायके में उसका भाई भी घर आया हुआ था दिल्ली से। एक दो बार फोन पर बीना से बात करने के विचार से उसने फोन भी किया था मगर बीना की खामोशी ने उसे ही लाचार और मायूस कर दिया था।

भाई बड़ा था बीना से उसका। मगर अभी शादी हुई नहीं थी। जवान खून था। हर काम में, हर बात में, जल्दी दिखाना स्वभाविक ही था।

बीना को लेकर वो अपने बौज्यू से जिद पर अड़ा हुआ था। अभी उमर ही क्या है उसकी? ऐसे ही कब तक चलेगा? जो हुआ सो हुआ, अब उसे जानबूझ कर मरने के लिए तो नहीं छोड़ सकते? जाकर एक बार उसके ससुर से बात तो करके देखो, क्या कहते हैं? आज के टाइम में दुबारा शादी नयी बात तो नहीं है? एक बार जाकर बात कर लो और ले आओ उसे।

बीना के बौज्यू के लिए ये नयी बात नहीं थी। बेटा पहले भी कई बार उनसे ये बातें कह चुका था। पहले भी बेटे से इस बारे में बहस हो चुकी थी। असल जिन्दगी कुछ और ही होती है। बेटे की ये सब बातें लौंडई बातें हैं। वो बीना को भी हर तरह से समझा चुके थे। जब बीना ही कुछ जवाब नहीं देती तो उसके ससुर का हाँ या ना कहना कोई मायने नहीं रखता। वैसे उन से हर तरह की बात हो चुकी थी पहले ही। उन्होंने भी किसी तरह से कोई आपत्ति नहीं जताई थी कभी भी। वो अच्छी तरह जानते थे कि उनके बेटे की बातें जवानी के जोश की बातें हैं, मगर खुश भी थे कि भाई को बहन की फ़िकर है।

जिस सुख को मन और आत्मा चाहती है, हो सकता है, वो सुख शरीर के लिए कष्टकारी हो, और जिस सुख को शरीर चाहता है...आत्मा और मन वैसा करने की गवाही नहीं देते। बड़े फेर हैं जिन्दगी में सुख-दुःख के, और ऊपर से... उस पर...शरीर और आत्मा दोनों के साथ खेल, खेल चुकने का अहसास।

बीना के ससुराल जाकर उसकी खैर-खबर जानने की इच्छा तो थी, मगर उसे अपने साथ लाने की बात उसके ससुर से कहना उनके लिए एक प्रश्नचिन्ह ही थी। क्योंकि बीना के साथ ऐसा कोई व्यवहार नहीं होता था कि उनसे ऐसा कुछ कहें...और बीना ने भी आपनी तक़दीर मान कर एक अजीब खामोशी ओढ़ ली थी। उसके भाई ने अभी उस दौर में कदम नहीं रखा था, जिस दौर में कदम रखते ही मन अलग ही पढ़ने, बांचने लगता है। वो नहीं जानता या नहीं समझता था कि जिन्दगी...जो जी जा चुकी है, जिन्दगी के उस पहले अध्याय को दुबारा पढ़ने का मौका कभी नहीं मिलता। उस पहले अध्याय में सुख या दुःख, जिसका पलड़ा भारी होता है, वही जीवन भर, मन में आईने की तरह उभर-उभर कर अपना ही मुखड़ा दिखाता रहता है।

....

बैशाख के घाम। पहाड़ों में भी दोपहर का मौसम गर्म हो गया था। भात खाकर कृपाल सिंह दो खनों के चाख में, दायें चाख में दरी पर लेटा था।

हाँ कहूँ या ना.....?

कांता और बीना चुली-भानी करने में व्यस्त थी। जगदीश बैचेन सा दन्यार की छाँव में सीढ़ियों पर बैठ था।

जब कांता और बीना भी अपने काम से फ़ारग होकर अन्दर चले गये। बीना मालखन और कांता बायें चाख में लेटने के लिए दरी बिछाने लगी। जगदीश अन्दर आया

...ये अच्छा है गाँव का सिस्टम, तीन टाइम खाओ दो टाइम सोओ। खाओ सोओ-खाओ सोओ। ये क्या हुआ बल? कभी एक साथ बैठकर बातचीत भी लगाया करो।

जगदीश सीढ़ियों से उठकर अन्दर आकर ये बातें अपनी ईजा को, खासकर बीना को सुनाने लगा। ईजा उसकी बात सुनकर दरी पर बैठ गयी। जगदीश दायें वाले मालखन गया और वही दो तस्वीरें उठा लाया। वही उसकी स्कूली दिनों वाली। वो भी ईजा के पास आकर बैठ गया।

...अब तुम क्यों रिसा गये? आ जाओ। चाख में बैठो।

बीना के लिये कही गयी ये बातें सुन बीना चुपचाप मालखन की देहरी पर ही बैठ गयी। जगदीश ने बीना के हाथ पर एक फोटो थमा दी

...अब देखते हैं कितनों को पहचानते हो? गुमसुम बीना तस्वीर को ऐसे देख रही थी जैसे पहली बार देख रही हो। अजीब से तरीके से। जैसे वो तो ये सब भूल ही चुकी हो और उसे सभी को जानते हुए भी दुबारा पहचानने में परेशानी हो रही हो। दूसरी फोटो अपनी ईजा को पकड़ते हुए

...पहचान तो ईजा, कितनों को पहचानती है।

ईजा थोड़ी देर देखती रही फिर अचानक ...

द्...मेरा...पूरन...कहते-कहते उसकी ठोढ़ी काँपने लगी। आँखें डबडबाने लगीं। जो तस्वीर ईजा के हाथ में थी वो पूरन की थी। तस्वीर में पूरन के चेहरे पर उँगली फेरती ईजा ने रोते-रोते तस्वीर बीना के हाथ में दे दी। बीना भी स्कूल की ग्रूप फोटो में अपने पति का मुखड़ा देखती रही। पहली बार उसकी पथराई आँखों में आँसुओं के मोती उभर आये। जगदीश सन्न हो गया। उसकी हँसी ठिठोली ने

दोनों को रुला दिया था। वैसे...अनजाने में ही सही, जो हुआ ठीक ही हुआ। जो होता है सब भले के लिये ही होता है। अर्से से दबाये दर्द का आँसुओं की शक्ल में निकल जाना ही बेहतर था। जगदीश रुलाने के लिये दोषी मान भी रहा था खुद को, और खुद की डबडबाई आँखों को छुपाकर, जो भी हुआ ठीक हुआ सोचकर, खुद को समझाने में भी लगा था। उसके मन में एक और खयाल आया

...जब खाली पेट भजन तक नहीं गाये जा सकते तो मन में छुपा ये दर्द कैसे सहा जाता होगा? खैर कोई बात नहीं, अभी तो भात खाया है।

तीनों को, दायीं चाख में लेटा कृपाल भी करवट लेकर सुनता, देखता रहा। ओढ़ने को रखी चद्दर को गुड़मुड़ कर मुट्ठी में भर, भिनभिन करती मक्खियों को उड़ाने का उपक्रम करने लगा। उसके चहरे से कुछ ऐसा भाव झलक रहा था कि वो कुछ ऐसा सोच रहा है जो उसके अन्दर ही घुटता हुआ सा उसे ही खाये जा था।

एक सप्ताह हो गया था जगदीश को घर आये हुए। बीना के व्यवहार में भी कुछ-कुछ बदलाव सा लग ही रहा था। ये सब देखकर कृपाल खुश तो था, लेकिन एक अजीब बैचैनी के साथ।

कांता बाखली चली गयी थी, महिला संगीत था वहाँ, अगले दिन बारात जानी थी। बीना ने कहीं भी आना-जाना छोड़ ही दिया था। कृपाल...वैसे कांता के सामने अपनी बात कहना भी नहीं चाहता था। आखिर उसे मौका मिल ही गया था।

साढ़े चार बजे के आसपास...कृपाल जो भात खाकर लेट गया था, उठकर, दीवार के सहारे पीठ टिकाये बीड़ी फूँक रहा था। बीना चाय लेकर आयी। सौरज्यु...चहा...बोलते हुए बीना ने चाय का गिलास सामने रखा और मुड़कर जाने लगी तो कृपाल ने उसे रोक लिया।

ब्वारी...यहाँ बैठ...दरी पर थपकी मारकर कृपाल ने बीना को अपने सामने बैठने को कहा। चाबी भरकर चलने वाली गुड़िया की तरह बीना भी अपने सौरज्यु से जरा दूर हटकर बैठ गयी। जगदीश पहले से ही सिर झुकाये अपने बौज्यू के बगल में बैठा था।

...ब्वारी...तेरी ये उदासी...जिन्दगी से बेरुखी मुझसे देखी नहीं जाती। मन में बोझ मत रखाकर। पूरन के साथ सात फेरे आंचो रीटाकर...डोली में बिठाके लाया था बहू बनाकर। अब तुझसे पूछता हूँ ...पूरन के साथ...भाग्य में ऐसा ही लिखा होगा, जगदीश से कहा चुका हूँ पहले ही...जब तू गोठ चहा बना रही थी...तू जगदीश के साथ रह ले...ऊ..फुऊ...लम्बी साँस छोड़ता हुआ कृपाल सिंह बोलते-बोलते रुक गया।

कृपाल ने जो अभी-अभी कहा बीना को, अब उसे खुद यकीन सा नहीं हो रहा था कि वो ये सब क्या और कैसे कहा गया।

ये सब पूरी बात सुनकर बीना नजरें उठाकर अचम्भित, आश्चर्य भरी आँखों से...उसे भी खुद के सुने पर यकीन नहीं हो रहा था...अपने सौरज्यु को देखती रह गयी।

उसके आश्चर्य को देख कृपाल ने फिर बोलना शुरू किया

...बस बाबू...तुम दोनों से हाथ जोड़कर विनती है...तुम दोनों को अगर मेरी बात पर ना कहना होगा तो कह देना मगर ना कहने के बाद कभी भी ये बात हम तीनों के अलावा किसी को पता नहीं चलनी चाहिये। ...और यदि हाँ कहो तो...बाकी अच्छी-बुरी, सारी दुनियादारी की बातों का जिम्मेदार मैं हूँ। मैं आप सम्भालूँगा। इतना कहकर कृपाल पनियाई आँखों को पोंछता हुआ उठा और देहरी से बहार आकर सीढ़ियों पर बैठ गया। उसका दिल बड़ी तेजी से धड़क रहा था। अब उसे...बस...करना था ...इन्तेजार...दोनों के जवाब का।

बीना उठकर मालखन चली गयी। जगदीश चाख में अकेला चाय के गिलास पर हथेली टिकाये, गर्दन झुकाये, चुपचाप बैठा रह गया।

कृपाल की बात ने दोनों के लिये असमंजस वाली स्थिति पैदा कर दी थी। दोनों ही समझ नहीं पा रहे थे कि उनसे ऐसा कैसे कह दिया गया।

बीना की समझ में कुछ भी नहीं आ रहा था कि...जिन्दगी क्या है? कैसा अजीब खिलवाड़ है? क्या...कैसा मजाक है? ...एक भाई नहीं तो दूसरा सही? आजतक...एक की विधवा...कल से दूसरे की सुहागन। दीवार की वो तस्वीर

जिसे देखने में खुद की माँग उजड़ी साफ़-साफ़ दिखती है... कैसे करेगी उसका सामना? बीना की हालत ऐसी हो गयी जैसे परचेत अवस्था में हो।

और जगदीश मन में दबी यादों की खुरचन उतारने लगा...जब पूरन और बीना की शादी के बाद जगदीश दिल्ली को वापस जाने लिए तैयार हुआ था तो वो ईजा-बौज्यू, बड़े भाई के पाँव छूने के बाद बीना की तरफ बढ़ ही रहा था कि बीना के पाँव छुये...मगर उससे पहले ही बीना बोल पड़ी थी

...मेरे पाँव नहीं छुयेगा क्या? बड़ी हूँ। सबके सामने कैसे मजाक बनाकर झुका दिया था बीना ने उसे पाँव छूने के लिये। और आज...बौज्यू की बात... च्यला इतनी सरीफ लड़की, गुणी मिलना बहुत मुश्किल है। इतना बुरा देखने के बाद भी...दुसरी न जाने...हमारे मरने के बाद...कौन जानता है। इसकी भी जिन्दगी सँभल जायेगी। मुझे कोई बुराई नहीं दिखती। इसका सिर तेरे आगे सम्मान के साथ हमेशा झुका ही रहेगा। जगदीश बैचेनी से उठकर अपने को सहज बनाने के लिये दूसरे मालखन जाकर इधर-उधर कुछ टटोलने लगा था... मगर क्या? उसे खुद पता नहीं था। उसी किताबों वाले संदूक से किताबें निकाल, तस्वीरें निकाल, उलटने-पलटने लगा। जिन्दगी भी एक अलग तरह की मजाक ही है, यही सोचता हुआ जगदीश हैरानी से भरा हुआ अपने होंठ काटने लगा।

इत्तेफाक भी कभी-कभी अजब कमाल करता है, हाथ पर ली हुई जिस किताब को जगदीश उलट-पलट रहा था, वो इंग्लिश स्पीकिंग कोर्स की थी। और उसका वो पेज खुला जिस पर अनजाने में ही सही, उसकी नजर ठहर ही गयी थी। पहली पंक्ति में लिखा था...

टू बी ऑर नाट टू बी।

हाँ कहूँ या ना।

. . . .

हाँ कहूँ या ना.....?

दीठ-भेट... प्यार से स्नेह तक

तेज आवाज में बजता कुमाँऊनी गाना जितना ही कानों के पर्दे को फाड़ रहा था उतना ही सबको खुश भी कर रहा था। मौका ही ऐसा था... शादी का। कमर लचकाते, गर्दन मरोड़ते, हाथों को हवा में लहराते हुए, एक भीड़ ऐसी भी थी जो डीजे पर बजते गाने के साथ सुरताल मिलाने में मस्त थी। लाईट की चकाचौंध, सतरंगी तरंगें, आदम कद से भी ऊँचे काले रंग के स्पीकर बॉक्स अपने कम्पन्न से जमीन को भी थिरका रहे थे। नाचने में मस्त लोगों की आँखों में नाचने का नशा छाया हुआ था। उनके माथे पर चमकती पसीने की बूँदें स्पष्ट नजर आ रही थी। पसीना उनके कानों की परतों को छूता हुआ गर्दन की तरफ बह रहा था। महीना फागुन का था। सर्दी थी। मगर इतनी भी नहीं की लोग सिकुड़ने लगें। और ना ही इस कदर पसीने से तरबतर करने वाली गर्मी ही थी। सजे-सँवरे सभी इस शोर भरे माहौल में मस्त थे। पहाड़ी औरतौं ने भी शहरी अंदाज में सजने-सँवरने में कोई कसर नहीं छोड़ी थी। कुछ अधेड़ उम्र के पुरुषों को अपने वो दिन याद आ रहे थे जब वे भी इसी तरह की मौज मस्ती में हिट कुमाँऊनी गाने के बोलों को बदलकर गुनगुनाया करते थे।

जब जैंछै सुआ बट्फन, छट्कनै छैड़ै छै

सब चाहिये रै जानी, त्यौर नंगड़ै पुठै कैं

शादी गोपाल सिंह की लड़की की थी। मीनू की। जब से शादी की तैयारियाँ शुरू हुई थी तब से मनोहर भी परिवार के सदस्य की तरह ही गोपालदा का बताया कोई भी काम करने में पीछे नहीं रहा था। मनोहर, गोपालदा के घर में किराये पर रहता था।

तीसरी मंजिल पर बना एक कमरा और रसोई मनोहर ने किराये पर ली थी। बीच की मंजिल पर गोपाल दा अपने चार जनों के परिवार के साथ रहते थे। बेटी की शादी को ध्यान में रखते हुए गोपाल दा ने मकान का सबसे नीचे वाला

हिस्सा भी किरायेदारों से खाली करवा लिया था। इस बात को भी गोपाल दा किसी से कहते नहीं थकते थे कि जो भी उनके यहाँ किरायेदार रहा वो जब भी खाली कर के गया, अपने मकान में ही गया। गोपालदा के उन पुराने किरायेदारों से, उनके मकान से चले जाने पर भी अच्छे सम्बन्ध थे। मनोहर अकेला भी रहता था और तीसरी मंजिल पर भी, इसलिए गोपाल दा ने इस कमरे को खाली कराने की जरूरत नहीं समझी थी।

शादी का मौका, शाम का समय, भीड़ से भरा टेंट। बरात आ चुकी थी। मनोहर ने भी दो घूँट लगा रखी थी। डीजे की तरफ जाकर वहाँ का हाल निहार रहा था। मनोहर कभी-कभी किसी मौके पर ही पीता था। दो घूँट में ही उसका संकोची, शर्मीला स्वभाव छूमंतर भी हो जाता था। वह.. किसी ने देख तो नहीं लिया.. वाली बात से भी बहुत डरता था। आज भी उसे किशन ही अपने साथ टेंट के पीछे ले गया था। जहाँ दोनों ने मिलकर दो-दो घूँट लगाई थी। किशन, मीनू की कैंजा (मौसी) का लड़का था। उसका आना-जाना लगा ही रहता था। वह जब भी रात को रुकने के लिए आता तो उसका पीने का अड्डा मनोहर का ही कमरा होता। मनोहर भी उसे मना नहीं कर पाता था। धीरे-धीरे मनोहर और किशन का आपसी व्यवहार बढ़ने लगा था। दोनों हमउम्र भी थे।

मनोहर नशे के सुरूर में हल्की लाल हुई आँखों से इधर-उधर देख रहा था। मनोहर की नजर भीड़ में उस चहरे पर पड़ी जहाँ उसकी नजर टिकी ही रह गयी। मनोहर के मन में उस चौंकी हुई सी हिरनी का चित्र उभरने लगा जो शिकारी को देखकर भी एक क्षण के लिए ठहरती है। अपने कानों को खड़ा करके, गर्दन को मोड़कर, शिकारी को भी अपनी सुन्दरता से मुग्ध करने की कोशिश करती है। मनोहर को ऐसा लग रहा था कि जैसे वो दो आँखें भी उसी पर ही टिकी हैं। वह खुद को खोजी और उसे खोज मानने जैसे विचार से भरने लगा था। सच तो ये था कि मनोहर की नजरें ही उस चहरे पर पड़ते ही जम सी गयी थीं। किशन ने पीछे से आकर उसे अपनी तरफ खींचा। ...क्या कर रहा है बे? नाचने तो नहीं लगा कही? नशा हो गया क्या? सब देख रहे हैं। बात का पतंगड़ बन गया... तो बेटा कल दूसरे घर की तलाश शुरू कर देना। किशन हँसते हुए मनोहर को अपने

हाँ कहूँ या ना.....?

साथ ले गया। मनोहर की आँखें तो भीड़ में उसी चहरे को ढूँढ़ रही थी। जिसने थोड़ी देर पहले मनोहर की निजता पर वार किया था।

पहाड़ियों की शादी में खाने के लिए मचने वाली अफरा-तफरी से मनोहर को खासी चिढ़ मच जाती थी। सभी को खाकर पीछे हाथ पोंछते हुए भागने की जल्दी जो रहती थी। खाना खुलते ही भीड़, प्लेट हाथ में लेकर, स्लाद वाले काउंटर से आगे बढ़ रही थी। आगे चलकर कोने से बायीं तरफ के काउंटर चाट के थे। चाट काउंटर से आगे थोड़ी जगह खाली थी। जो टेंट के पीछे की तरफ जाने का रस्ता थी। रस्ते की अगली तरफ पानी और कोल्ड्रिंक्स का काउंटर था। फिर उससे आगे मीठे के काउंटर लगे थे। किशन और मनोहर भीड़ के बीच से, लोगों की खाने की प्लेटों से टकराने से बचते हुए टेंट की पिछली तरफ जा पहुँचे जहाँ खाना बन रहा था। किशन ने फिर से कमर में खोंशी बोतल और जेब से गिलास निकाले तो मनोहर ने इस बार मना कर दिया। अकेले किशन ने ही फिर से दो पैग लगाये। फिर दोनों आगे बढ़कर पार्क के उस कोने पर जा पहुँचे जो लघुशंका के लिए आरक्षित सा कर दिया गया था। हल्के होकर दोनों ही टेंट के अन्दर आ गये। जैसे ही रौशनी की चकाचौंध में पहुँचे, मनोहर की नजर फिर उसी पर पड़ी जिसे उसकी नजर खोज रही थी। किशन आगे-आगे चल रहा था। आगे ही चला गया और भीड़ में खो सा गया। मनोहर जहाँ खड़ा था, जस का तस वहीं खड़ा रह गया। वो किसी से बात कर रही थी। मनोहर उसे जानता नहीं था। बस उसे अपलक ताकता जा रहा था। लोग इधर-उधर आ-जा रहे थे मगर मनोहर की आँखों ने उसके सिवा कुछ और देखने से जैसे मना कर दिया था। तभी एक थुलथुल, बड़ी-बड़ी छाती वाली लड़की ने उसके पीछे से आकर उससे कुछ कहा और फिर दोनों एक साथ वहाँ से चली गयीं। मनोहर उसे जाते हुए देखता रहा। जब मनोहर ने भी आगे बढ़ने को अपने कदम आगे बढ़ाये तो उसे अपने पैरों में वजन पड़ता सा महसूस हुआ। पैरों की तरफ देखा तो उसे पता चला की वो तो कीचड़ में खड़ा है। जुते गीली मिट्टी से सने हुए थे। पेंट पर भी पानी के छींटें थे। तब कहीं उसे ध्यान आया की वो तो पानी के काउंटर के पास खड़ा है। लोग पानी और कोल्ड्रिंक्स के खाली, आधे भरे प्लास्टिक के गिलासों को ऐसे ही फेंक रहे थे जिससे वहाँ पर कीचड़-कीचड़ हो गया था। उस चहरे ने

मनोहर को अपने ऊपर इस कदर आकर्षित किया था की मनोहर कुछ सोचने पर भीसोच नहीं पा रहा था। कुछ समझ भी नहीं पा रहा था। एकटक देखते रहने पर भी मनोहर की स्मृति में केवल उसका चेहरा था। उसे इतना तक ध्यान नहीं था कि उसने पहना क्या है साड़ी या सूट।

औसतन चालीस के आस-पास पहुँच चुके लोग ही अपनी भाषा कुमाँऊनी में बातें कर रहे थे। जो गाँवों से निकल अब शहरों में बस गये थे, गाँव अब उनकी यादों में ही रह गया था। पुरुष तो फिर भी शादी में गाँव से आये लोगों से कुमाँऊनी में बातें कर रहे थे मगर सजी-धजी पहाड़ी महिलाएँ अपनी भाषा में बात करने से बचती हुई लग रही थी। शहरों की पैदाइश वाले बच्चों के लिए तो गाँव टूरिस्ट प्लेस की तरह ही था। आपस में जानने वाले बातों के लिए टेंट में कोना तलाश रहे थे। पीने वाले अँधेरा कोना। बाकी सब तो ठीक था मगर शोरशराबे की वजह से गाँव से आये लोग खुद को असहज पा रहे थे।

धूलि अर्घ के कार्यक्रम को पूरा हुए कुछ समय हो गया था अब जयमाला की तैयारी चल रही थी।

कैमरे का फोकस गेट की ओर था। जयमाला स्टेज के पास मनोहर, गोपालदा से थोड़ी दूर खड़ा था। दुल्हन की गाड़ी पार्क के गेट पर आकार रुकी। दुल्हन के रूप में सजी मीनू धीरे क़दमों से जयमाला स्टेज की तरफ बढ़ने लगी। मनोहर की नजर जिसे खोज रही थी वो भी मीनू के साथ-साथ आगे बढ़ती हुई स्टेज की तरफ ही आ रही थी। मनोहर की धड़कनें तेज होने लगी थी। वह स्टेज से ज़रा और दूर हट गया। वर और कन्या ने एक दूसरे को मालायें पहनायी, तालियाँ बजीं, सीटियाँ बजीं, फूल बरसाये गये मगर मनोहर था की एकटक उसे ही देखे जा रहा था।

मनोहर खुद में ही खोया सा सोच रहा था। ऐसा भी हकीकत में होता है क्या? जिसे सिर्फ पढ़ा था, सुना था या फिर फिल्मों में ही देखा था। इतनी भीड़ में भी उसे केवल एक ही चेहरा कैसे अपनी ओर खींच रहा था। सीने की धक-धक की आवाज कानों तक पहुँचने का भ्रम सा भी पैदा कर रही थी। वह क्या सोच रहा था, क्या विचार रहा था, उसे कुछ भी समझ नहीं आ रहा था। उसके

भीतर ख़ुशी, डर, विवशता और भी न जाने कितने भाव एक साथ हलचल मचा रहे थे। सभी वर-कन्या को आशीर्वाद देने लगे थे। किशन, मनोहर को भी अपने साथ स्टेज पर ले गया। वर-कन्या को आशीर्वाद देने वाले लोगों की आँखें कैमरे की सीधी पड़ती रौशनी में झपक रही थीं। मगर मनोहर उसे फिर भी अपलक देखता ही रहा था।

भीड़ छंटने लगी थी। सभी खा-पीकर पिछवाड़े पर हाथ पोंछते हुए निकलने लगे थे। जयमाला के बाद मीनू भी गेट पर खड़ी गाड़ी में सवार होकर अपनी सहेलियों के साथ घर पर चली गयी थी। घर और टेंट के बीच की दूरी मुश्किल से सौ डेढ़ सौ मीटर से ज्यादा नहीं थी। गोपाल दा ने किशन और मनोहर दोनों को घर पर ही रुके बुजुर्गों के लिए खाने की प्लेट लगाकर पहुँचाने के लिए कहा था तो दोनों खाने की प्लेटें लगा रहे थे। तभी वही थुलथुल लड़की आयी और मनोहर के साथ-साथ प्लेट में खाना लगाने लगी। वो मनोहर को जानती थी। उसी गली में रही थी। मगर संकोची, शर्मीला मनोहर गली में भी बहुत कम ही लोगों को जानता था। उसने पूछ ही लिया ...भय्या आपने खा लिया खाना। नही-नही अभी नहीं, अभी पहले घर पर दे आते हैं फिर खायेंगे ... और आपने? मनोहर ने जवाब भी दिया और सवाल भी किया। हम तो मीनू के साथ घर पर ही खायेंगे, प्लेट लगाकर घर ही ले जा रहे हैं। मनोहर ने जब उसे भी थुलथुल लड़की के साथ प्लेट में खाना लगाते देखा तो सकपका सा गया। वो डर भी रहा था। कही उसने भी उसके एकटक देखने को देख तो नहीं लिया था। उसे ये भी खयाल आया कि अगर ये मीनू की सहेली है तो इसके बारे में मीनू तो बता ही देगी, आखिर है कौन। इस बार मनोहर ने उसे देखकर भी अनदेखा करने की पूरी कोशिश की थी।

फेरे घर पर ही होने थे। फेरों के लिए गली में ही मण्डप लगाया गया था। किशन और मनोहर दोनों ही काम में जुटे हुए थे। मनोहर फलों की टोकरी मण्डप के पास रखकर दूसरे सामान के लिए अन्दर जा रहा था कि उसे सामने वही खड़ी दिखायी दी। वो बाथरूम के बाहर खड़ी थी। बाथरूम फ्री होने का इन्तेजार कर रही थी। मनोहर नजरें झुकाये तेजी से अन्दर के कमरे में मीनू

के पास जा पहुँचा। कमाल की बात ये हुई की उस समय मीनू भी अकेली थी कमरे में। सजी-धजी कुर्सी पर बैठी थी। मनोहर का शाम को लगायीं दो घूँट का जोशीला असर तो पूरी तरह से खत्म हो चुका था फिर भी उसने हिम्मत जुटाकर मीनू से पूछ ही लिया ... वो कौन है?

वो कौन ... आँखें मटकाते हुए मीनू ने जवाब दिया। मीनू ज़रा चंचल स्वभाव की थी। मनोहर से घुली-मिली भी थी। मनोहर भी इस घर में इस घर के बच्चों की तरह ही, परिवार के सदस्य की तरह ही रहता था। मीनू सीधे-सीधे बोली थी। मनोहर जरा हिचक सा गया। फिर उसने बाहर की तरफ झाँककर देखा तो वह वहीं खड़ी थी। वही जो बाहर पिंक ड्रेस में खड़ी है। मनोहर ने फिर से पूछा। कुर्सी से उठकर मीनू ने भी देखा फिर बैठ गयी। क्या चक्कर है? बड़ी पूछताछ हो रही है। कहो तो सब तैयार ही है। मेहमानों को खिला ही दिया है। तुम्हारे ईजा-बौज्यू को गाँव में खबर भेज दी जायेगी की बेटा बहू को लेकर आ रहा है। मण्डप तैयार ही है। मैं अपने फेरे पूरे कर लूँ तो आप लोग शुरू हो जाना। मीनू की बात सुनकर मनोहर की बोलती बंद हो गयी। मीनू ने अपने खुले स्वभाव का परिचय इस बात से भी दिया था की वो शादी भी अपनी पसंद से कर रही थी। उसके ईजा-बौज्यू के लिए तो सबसे बड़ी खुशी की बात ये हुई की लड़का भी पहाड़ी ही था। और उनकी सोच के हिसाब से जात बिरादरी में भी खरा उतरता था। बस उन्होंने भी हाँ कर दी। बिना किसी नानुकुर के। मीनू ने उसे आते देख लिया। मनोहर की पीठ उसकी तरफ थी। मीनू ने फिर से बेपरवाह होकर बोलना शुरू कर दिया। ...आओ-आओ तुम्हारी ही बात चल रही थी। लहंगा तो एक ही लाई थी, तो मैंने पहन लिया, तुम्हें दूसरी साड़ी देती हूँ। बस तैयार हो जाओ। खयाल बुरा भी नहीं है। मैं यहाँ से निकली और यहाँ तुम्हारा कब्जा। दो-दो शादियाँ एक साथ निपट जायेंगी ... निर्मला ...क्यों क्या खयाल है? मीनू की बात से दोनों सन्न रह गये। मनोहर को तो कतई यकीन ही नहीं आ रहा था की मीनू क्या कह गयी। निर्मला भी चुप ही रही। मीनू को देखती रही। मनोहर झेंप गया था। अब न जाने आगे क्या होगा के खयाल से उसे घबराहट सी होने लगी थी।

पंडित जी मंत्रोचार कर रहे थे। मण्डप को घेरे लोग भी बैठे थे। निर्मला

मीनू के साथ ही बैठी थी। मनोहर के लिए उसकी तरफ देखना मुश्किल हो रहा था क्योंकि दोनों एक ही पक्ष में बैठे थे। निर्मला की तरफ देखने के लिए बार-बार गर्दन घुमानी पड़ती तो सबकी नजरों से बचना भी पड़ रहा था। उस समय मनोहर के मन में जो भी विचार उमड़ रहे थे सब निर्मला को लेकर ही थे। मीनू ने निर्मला को सारी बात बता दी थी। निर्मला भी बीच-बीच में मनोहर की तरफ देखने लगी थी।

ढोलक की थपकियों के साथ-साथ महिलाएँ जो कुछ भी गा रही थी सब फिल्मी गाने ही थे। बस अलग से बैठी दो महिलाएँ गालों पर हाथ टिकाये ...सगुना दे सगुना ...गा रही थी। समझ में इतना ही आ भी रहा था। कुछ सयाने लोग तो इनकी गायकी को समझ रहे थे। मगर शहरी बन चुके पहाड़ियों के पल्ले कुछ भी नहीं पड़ रहा था। कुछ लोगों को इस बात की बड़ी तसल्ली थी की कुछ तो अपने पहाड़ का रिवाज बचा है। कुछ इसे बस आखरी कगार पर ही मान रहे थे। बस जो है यहीं तक है, आगे खतम ही समझो ...कुछ ऐसा भी कह रहे थे। पंडित जी जो मंत्रोचार संस्कृत में कर रहे थे, वही समझ भी रहे थे। हालत ये हो गयी की अगर मंत्रोचार इंग्लिश में होता तो ज्यादा लोग समझते। और फिर इधर-उधर कहते भी फिरते ... शादी बड़े ही स्टैंडर्ड तरीके से हुई, मंत्रोचार भी इंग्लिश में कराया था।

मनोहर का मन कल्पना की उड़ाने भरने लगा था। शादी के कर्मकाण्ड जारी थे। मीनू को पक्ष बदलकर दुल्हे के साथ बिठा दिया गया। गोपाल दा कन्यादान कर अपनी घरवाली के साथ अन्दर जाने लगे तो उन्होंने ईशारे से मनोहर को बुलाया। मनोहर भी उनके पीछे चला गया। गोपाल दा ने मनोहर से दुबारा चाय की व्यवस्था करने को कहा। किशन और मनोहर ने चाय की व्यवस्था पहले से ही कर रखी थी। दुबारा से सभी को चाय देने में लग गये। सबको चाय देने के बाद किशन और मनोहर भी हाथ में चाय के कप लेकर दरी पर बैठ गये। मनोहर के हाथ में दो कप थे। इस बार हिम्मत जुटाकर और खाली जगह देखकर वह ठीक निर्मला के पीछे बैठ गया। उसने एक कप निर्मला की तरफ बढ़ा दिया। मनोहर का घुटना निर्मला को छू रहा था। एक दूसरे की छुवन

से दोनों की धड़कनें तेज भी हो रही थीं। मन में एक डर भी पैदा हो रहा था और घबराहट भी। एक दूसरे की ओर खिंचाव भी था और कुछ कहने की हिम्मत भी नहीं हो रही थी।

मनोहर और निर्मला इतना ही आगे बढ़ पाये थे की बस बीच-बीच में एक दूसरे की तरफ देखने लगे थे। एक जैसी लौ दोनों के मन में जल उठी थी। दोनों ही ठीक-ठीक समझ नहीं पा रहे थे की उनके अन्दर जो भाव जाग रहा था वह कितने ही भावों से मिलाजुला-सा क्यों है। यदि दोनों में इसी हालत में कोई बात होती तो दोनों अपने को अपनी-अपनी सीमा में ही बाँधकर रखते। बात बिखरी हुई सी ही होती। दोनों ही अपने-अपने भीतर बिखरते भावों को समेटकर रखने के प्रयास में लगे हुए थे।

फेरे पूरे होते ही सब इधर-उधर बिखर से गये। कुछ लोग अन्दर बैठे थे तो कुछ लोग बाहर ही लगी कुर्सियों में और कुछ सुबह की विदाई की तैयारी में लग गये थे। किशन और मनोहर कन्यादान में आये सामान को बाँधने में लगे थे। सोने का तो सवाल ही नहीं था। घर में जगह ही कहाँ थी। काम भी था ही। अन्दर वाले कमरे में मीनू और निर्मला एक साथ बैठे थे। कलौनी की सहेलियाँ अपने-अपने घर चली गयी थी। दूर होने की बात से दोनों थोड़ी उदास भी थी। मीनू अपने कल के बारे में सोच रही थी। मीनू चुप ही थी। निर्मला कुछ बात तो करना चाहती थी मगर किस बारे में कुछ सूझ ही नहीं रहा था।

सुबह जल्दी ही विदाई हो गयी। बरात के विदा होते ही मेहमानों में भी जाने की होड़ सी मच गयी। गोपाल दा किशन को ढूँढ़ रहे थे लेकिन उन्हें वो कहीं नजर नहीं आ रहा था। जब उनकी नजर मनोहर पर पड़ी तो उसे ही बुला लिया। मनोहर भुला एक काम कर दे तो ... निर्मला की तरफ इशारा करते हुए बोले ... नीमा को बाहर से ऑटो करा दे तो ज़रा, उस तरफ जाने वाला कोई नहीं है ... अकेली ही है। मनोहर ने भी हाँ में सिर हिला दिया। वो जो चाहता था उसे इतनी आसानी से मिलेगा उसे इस बात का यकीन ही नहीं हो रहा था। गोपाल दा की घरवाली के हाथ पर एक छोटा सा बैग था। मनोहर ने उनके हाथ से ले लिया। गली के मोड़ तक मनोहर आगे-आगे चलता रहा। मोड़ से आगे दोनों बराबर

हाँ कहूँ या ना.....?

में चलने लगे। मनोहर यहाँ जल्दी ऑटो न मिलने वाली समस्या पर आज खुश हो रहा था। देरी होने पर बहाना बनाने की जरूरत जो नहीं पड़ने वाली थी। मैन रोड तक पहुँच गये मगर दोनों में कोई बात नहीं हुई। दोनों ही नहीं समझ पा रहे थे की किस बारे में बात की जाये। कैसे शुरुआत की जाये। दोनों ही ऑटो के इन्तेजार में शांत खड़े थे। मनोहर ने ही बात शुरू की।

...मीनू को कब से जानती हो।

...बचपन से ही, साथ पढ़ते थे, दस साल साथ भी रहे हैं।

...मुझे ज्यादा समय नहीं हुआ है यहाँ रहते हुए, अच्छे लोग हैं, अच्छी फैमिली है ...मुझे भी अपने बच्चों की तरह ही मानते हैं।

...हम लोग भी फैमिली की तरह ही रहे थे, तभी तो यहाँ से जाने के बाद भी बहुत मानते हैं अभी भी।

...दोस्त की तो शादी हो गयी ...तुम्हारा क्या इरादा है।

लड़खड़ाती जुबान में ही सही मनोहर ने बात को आगे बढ़ाने की हिम्मत दिखाने की कोशिश की थी।

...हाँ... बेटियाँ तो बोझ ही होती हैं...वो भी हो जायेगी।

निर्मला भी अधूरी मुस्कान के साथ अपनी बात कह गयी।

मनोहर, रात वाली बात जो मीनू ने कही थी, दोहराना चाहता था लेकिन दोहरा नहीं पाया। तभी खाली ऑटो आता दिखाई दिया। निर्मला ने उसे हाथ देकर रोका ...भय्या उत्तम नगर चलोगे। ऑटो चालाक ने बैठने का इशारा किया। मनोहर को उसका जाना बुरा सा लग रहा था। असर निर्मला के मन पर भी हुआ था। तीन-चार दिन बाद जब मीनू आयेगी...मौका मिला तो उससे मिलने आऊँगी ...बोलते-बोलते निर्मला ने मिलाने के लिए अपना हाथ आगे बढ़ा दिया। हाथ मिलाकर ऑटो में बैठकर चले जाने के बाद मनोहर भावुक सा हो गया। उसे गले में कुछ फँसता हुआ सा लगने लगा था।

रात भर जागते रहने पर भी उसे दिन में नींद नहीं आ रही थी। उसके खयाल में निर्मला ही छाई हुई थी। थकान से शरीर टूट रहा था। कब उसकी

आँख लगी उसे पता ही नहीं चला। शाम को छ: बजे आँख खुली तो ऐसा लग रहा था जैसे किसी दूसरी ही दुनिया में आ गया हो। निर्मला का चेहरा याद आते ही मनोहर पुरानी वाली दुनिया में लौट आया।

....

मनोहर को मालूम था कि मीनू आने वाली है। उसे भी ड्यूटी से घर पहुँचने की जल्दी थी। पूरी उम्मीद थी की निर्मला भी आयेगी। देर शाम घर पहुँचा तो देखा की घर मेहमानों से भरा था। मीनू के ससुराल वाले। मीनू तो आ गयी थी मगर निर्मला नहीं आयी थी। जब ये खबर पक्की कर ली की निर्मला नहीं आयी है तो मनोहर उदास सा हो गया। मनोहर को उस रात काफी देर तक नींद नहीं आयी। वो मीनू से उसके बारे में बहुत कुछ पूछना चाहता था। उस समय तो बिल्कुल भी संभव नहीं था। उसे अगले दिन का इन्तेजार तो करना ही था। उस पर भी मीनू से बात करने का मौका ढूँढ़ना था।

अगली सुबह भी मनोहर जल्दी उठ गया। घर में मेहमानों की भीड़भाड़ थी तो बातचीत का शोर भी था। नास्ते की तैयारी में बर्तनों की आवाजें आने लगी थी। मनोहर ने अपने लिए चाय बनायी। हाथ पर चाय का गिलास लेकर सुबह की हल्की धूप में छत पर टहलने लगा। तभी मीनू भी छत पर आ गयी कपड़े सुखाने के लिए। दोनों घुले-मिले होने से दोस्तों की तरह ही खुलकर बातें करते थे। मीनू अपने स्वभाव के मुताबिक फिर से शुरू हो गयी।

...क्या हुआ? बड़े उदास लग रहे हो। बात बनी की नहीं।

...तू नहीं सुधरेगी। मनोहर ने छोटा सा जवाब दिया।

...बुलाया था मैंने। आयी ही नहीं। आयी होती तो जरूर बात बना देती।

...अच्छा ठीक है ठीक है। उसने तो कुछ बताया नहीं ...तू ही बता दे कुछ उसके बारे में ... तू तो साथ रही है ...साथ पढ़ी है।

...नौकरी ढूँढ़ रही है लड़की ... बहुत जिम्मेदारी है उस पर। अब तो खैर कई महीने हो गये ... एक्सीडेंट हो गया था उसके पापा का। साइकिल पर सुबह-सुबह ड्यूटी जा रहे थे, पानी के टेंकर वाले ने मार दिया। बस हो गया ...एक पाँव गँवाना पड़ा। तभी तो अकेली ही आयी थी। पापा की हालत की वजह से मम्मी

हाँ कहूँ या ना.....?

भी नहीं आयी। भाई भी उसका छोटा ही है। हमारे गोबिन्द जितना ही तेरह-चौदह का। पहले हमारे ही यहाँ रहते थे। फिर जब अपना मकान बनाया तभी गये थे छोड़कर। जब तक पढ़ते थे आते-जाते रहते थे। कभी वो हमारे यहाँ, कभी हम उनके यहाँ। तुम्हारे यहाँ आने के बाद भी आयी थी एक-दो बार। वो सन्डे को आती और आप मंडे को छुट्टी मनाते। तभी तो पहले नहीं देखा उसे। अंकल की नौकरी रही नहीं। जो था सब सब इलाज में खर्च कर दिया होगा। घर के हालात कुछ ठीक से नहीं लगते ... देखकर बड़ा बुरा लगता है। मीनू की बातें सुनकर मनोहर को भी बहुत दुःख हुआ। पहले कभी ऐसा नहीं हुआ था कि मनोहर किसी दूसरे के दुःख से इतना दुःखी हुआ हो। मीनू ने फिर से उसे खींचना शुरू कर दिया।

...तुम तो एकदम उदास हो गये ...तो क्या ये समझूँ की कुछ तो बात हुई है दोनों में।

...नही-नही ऐसा कुछ नहीं है। बस प्लीज तू एक मेहरबानी करना। इस बात को किसी के सामने मत निकालना। तू किसके सामने कब क्या बोल दे ...तेरा भरोसा नहीं होता। देख मैं तो यहाँ अकेला रहता हूँ। यहाँ नहीं तो कहीं और सही। लेकिन अगर किसी और के कानों में बात जायेगी तो जो बात कुछ भी नहीं है, बहुत कुछ बन जायेगी। मेरी बात समझने की कोशिश करना। गरीब और कमजोर के बच्चे जल्दी बदनाम हो जाते हैं। क्या से क्या हो जायेगा। सभी उसी से कहने लगेंगे, शादी में गयी थी कि आवारागर्दी करने। मीनू प्लीज ...आगे की आगे देखी जयेगी ...बस तू फिलहाल अपने मुँह पर कंट्रोल रखना।

...ठीक है ठीक है ...ज्यादा सोचने की जरूरत नहीं है। जो भी खिचड़ी पकेगी, मुझे तो पता चल ही जायेगी। राजदार तो जरूर रहूँगी।

छोटे बच्चे की तरह मुँह बनाकर मीनू, महोहर को चिढ़ाते हुए सीढ़ियाँ उतरकर नीचे चली गयी। मुँह फुलाकर लम्बी साँस छोड़ता मनोहर भी अपने कमरे में चला गया।

....

शनिवार का दिन था। शाम को गोपाल दा ने भी दो घूँट लगा रखी थी। गोपाल दा, उनकी घरवाली, गोबिन्द और मीनू, चारों लोग एक साथ खाना खाने के लिए बैठे थे। मीनू भी आयी थी। चैत्र महीने के पहले पन्द्रह दिन मायके में रहने के लिए। खाते-खाते गोपाल दा ने जीकर निकाल दी। कल इतवार है, एक चक्कर उत्तम नगर लगाता हूँ कल। बहुत दिन हो गये... खबर ले आता हूँ। कभी कुछ कभी कुछ ऐसे ही रह गया। वैसे तो अब पहले से ठीक है कह रही थी नीमा फिर भी देख आता हूँ कल। नहीं तो मौक़ा मिलने पर खीम दा बातें सुनायेगा। वो तो पहले ही कहता है बड़े आदमी हो, मालिक आदमी हो। निर्मला का जिक्र आते ही मीनू खुश हो गयी।

...पापा ...निर्मला को साथ लेकर आना।

...बेटा ... समझने की बात है। सबकी अपनी-अपनी परिस्थितियाँ होती हैं। मौक़ा देखूँगा।

...बस मैंने बुलाया है कहना आप। अंकल-आंटी कभी मना नहीं करेंगे।

...वो ये भी तो कह सकते हैं ना कि शादी के बाद हमसे मिलने क्यों नहीं आयी मीनू तो ... ?

...कह देना निर्मला को छोड़ने वही आयेगी।

...कह तो दूँगा मगर जिद नहीं करूँगा।

बाप-बेटी की बातों के बीच में गोपालदा की घरवाली बोल पड़ी ...वहाँ जाकर जैसा ठीक लगेगा वैसा करना, अभी खाना खाओ।

....

इतवार था तो शाम को दो घूँट लगाकर गोपाल दा मैच देख रहे थे। गोबिन्द दूसरे कमरे में पढ़ाई कर रहा था। मनोहर जब ड्यूटी से घर पहुँचा तो गोपाल दा की घरवाली ने उसके लिए गेट खोला। मीनू और निर्मला रसोई में थे। मनोहर जैसे ही गोपालदा के कमरे के सामने से निकल कर ऊपर अपने कमरे

हाँ कहूँ या ना.....?

की तरफ जा रहा था कि गोपालदा ने उसे आवाज दी ...अरे मनोहर ...आजा जल्दी नीचे आजा मुँह हाथ धोकर ... अकेले बैठकर मैच देखने में मजा नहीं आ रहा। खाना बनाने के चक्कर में मत पड़ना ...नीचे ही बन जायेगा तेरे लिए भी ...ठीक है... जल्दी आ। मनोहर उनकी बात सुनने के लिए सीढ़ियों पर रुक गया ...ठीक है ...आता हूँ अभी... बोलता हुआ अपने कमरे की तरफ बढ़ गया। जुते उतारे, कपड़े बदले, मुँह हाथ धोकर चारपाई के कोने में बैठा थोड़ी देर सोचता रहा ...जाऊँ कि न जाऊँ। खाना बनाने की इच्छा उसे भी नहीं हो रही थी तो फिर उठकर नीचे ही चला गया।

गोपाल दा और मनोहर मैच देख रहे थे। थोड़ी देर बाद जब निर्मला उसके लिए चाय लेकर आयी तो उसे अचानक देख मनोहर धक्क सा रह गया। तभी गोपाल दा ने बताया ...मैं गया था आज ...अपने साथ ले आया दो-चार दिन के लिए। तभी मीनू भी रसोई से मुस्कराती हुई निकलकर आयी। बोली तो कुछ नहीं बस मनोहर के चेहरे को देखकर वापस रसोई में चली गयी। निर्मला के आने से मीनू बहुत खुश थी। मीनू के इस तरह से मुस्कराने पर मनोहर एक क्षण को डर भी गया था। मैच ख़त्म होने तक मनोहर वहीं बैठा रहा। खाना भी उन्हीं के साथ खाया। अब मैच पर कहाँ ध्यान था उसका। दोनों ही एक-दूसरे की तरफ देखने का कोई मौका नहीं छोड़ रहे थे।

मैच ख़त्म होने के बाद मुस्कराता हुआ मनोहर ऊपरी मंजिल पर अपने कमरे में चला गया।

मीनू और निर्मला सोने के लिए एक ही कमरे में चले गये। देर रात तक दोनों में फुसफुसाहट भरी बातें चलती रही। मीनू अपनी शादीशुदा जिंदगी की बातें निर्मला को बताती भी और मनोहर को हर बात में बीच में लाकर छेड़ती भी। मनोहर के नाम से निर्मला के चेहरे पर भी एक चमक सी आ जाती। मीनू उसके चेहरे की तरफ एकटक देखकर उसे और ज्यादा छेड़ने लगती।

...देख मीनू बिन बात की कितनी ही बातें बन जायेंगी। सब कुछ तो जानती है ...मेरी हालत ...बस किसी से मजाक में भी कुछ न कहना। चेहरे पर हल्की सी उदासी लाते हुए निर्मला ने मीनू से कहा।

...मनोहर को तो बोल ही दिया है ...तुम्हारा मामला सैट करा दूँगी ...कहता कुछ नहीं... पर है तेरे चक्कर में ही। तुम्हारी राजदार तो जरूर रहूँगी। इतवार तक यहीं हो ...ले लो मजे ...कोई मौका नहीं छूटना चाहिए। मीनू ने जवाब दिया।

...तू इतनी मुँहफट कैसे है ... कुछ भी बोल देती है। पता नहीं तेरे ससुराल वाले कैसे झेलेंगे तुझे।

...तू अपनी सोच ...झेलने-वेलने के चक्कर से ही तो अपने मन की की है। कल दिन में मिलाती हूँ ... कल छुट्टी रहती है साहब की।

सोमवार को करोलबाग मार्किट बंद रहती है। मनोहर की भी छुट्टी रहती थी। मनोहर वहीं मार्किट में काम करता था। रात को काफी देर तक उसे नींद नहीं आयी। खयालों का तूफ़ान सा उमड़ रहा था उसके मन में। कभी उसके परिवार के बारे में सोचकर गंभीर होता तो कभी उम्र के साथ पलते-बढ़ते रंगीन ख्यालों में डूबने लगता। खयालों के समन्दर में गोता लगाते-लगाते कब आँख लग गयी उसे पता ही नहीं चला। सुबह जब जागा उस वक्त उसका बायाँ हाथ उसकी गोटियों पर था। इस बात का ध्यान आते ही उसे अपने से ही शर्म सी भी आयी। कितना गन्दा हूँ मैं ...क्या से क्या सोचने लग जाता हूँ ...क्या उलटे-सीधे सपने देखने लग गया हूँ ...मनोहर ने खुद को ढ़ाठा भी और समझाया भी।

दोपहर को मीनू और निर्मला एक साथ छत पर आयी। बहना कपड़े उठाने का था। आयी मम्मी ...बोलती हुई मीनू, निर्मला को छत पर अकेला छोड़ वापस चली गयी। जबकि उसे मालूम था की उसकी मम्मी घर पर नहीं है। मीनू अचानक ऐसा कुछ कर जायेगी, निर्मला को इस बात का कोई अंदाजा ही नहीं था। मनोहर भी चारपाई के कोने पर बैठा, कमरे से बाहर झाँकता हुआ, सब कुछ देख सुन रहा था। निर्मला भी सकपका सी गयी। सब बात से अनजान बनते मनोहर ने ही बात शुरू की।

...मीनू कहाँ गयी?

...नीचे चली गयी।

...मम्मी कहाँ है उसकी?

...घर पर नहीं है, पड़ोस में किसी की खबर लेने गयी है।

...गोबिन्द आ गया स्कूल से ...क्या टाइम हुआ है अभी?

...नही अभी नहीं। ढाई तीन बजे तक आता है।

पूरी जानकारी लेने के बाद मनोहर चारपाई से उठा। आगे बोला ...

...क्या हुआ? ऐसे क्यों खड़ी हो ...बैठो।

निर्मला ने कोई जवाब नहीं दिया। तार पर सुखते कपड़ों को पलटने लगी।

मनोहर दरवाजे के पास ही खड़ा था।

...सुना है ...बड़ी हिम्मत है तुममें।

...कोशिश कर रही हूँ।

...बैठो ...बैठने में क्या बुराई है?

निर्मला ने बड़ी हिम्मत जुटाकर अपने कदम बढ़ायें थे। मनोहर बैठा तो निर्मला खड़ी ही रही। फिर मनोहर भी खड़ा हो गया। मनोहर के फिर से कहने पर निर्मला चारपाई के कोने पर बैठ गयी। जब मनोहर बैठेने को हुआ तो निर्मला खड़ी होने लगी। न जाने कहाँ से इतनी हिम्मत जुटाई कि मनोहर ने उसका हाथ पकड़ लिया। निर्मला सहम गयी। दोनों ही बैठ गये। मनोहर उसके परिवार का हाल पूछने लगा। इन बातों से निर्मला जरा उदास हो गयी। अपने तरीके से धैर्य रखने की सलाह देते हुए मनोहर ने उसके कंधे पर हाथ रख दिया। निर्मला एकदम से चौंक गयी। उसने मनोहर के हाथ को झटक दिया और उठकर नीचे चली गयी।

मंगलवार को भी तबीयत ठीक न होने की बात कहकर मनोहर घर पर ही रहा। मीनू को उसकी तबीयत की बात सुनकर बड़ी हँसी आयी थी। निर्मला को भी अजीब सी उलझन ने घेर लिया था।

मीनू मौक़ा देखकर कल वाले समय पर ही निर्मला को छत पर अकेली छोड़ आयी। आज भी दोनों अकेले थे। मनोहर पहले तो ये सोच रहा था की शायद कल नाराज हो गयी निर्मला आज सामने आयेगी ही नहीं। लेकिन जब

निर्मला आयी तो उसका ये वहम दूर हो गया। दोनों ही पास-पास बैठे थे। क्या बातें की जाये दोनों को ही कुछ सूझ नहीं रहा था। रुक-रुक कर दोनों में छोटी-छोटी बातें होने लगीं। बातों-बातों में मनोहर ने उसकी पीठ पर हाथ रख दिया। निर्मला ने कल की तरह मनोहर का हाथ हटाया नहीं। वैसी ही बैठी रही। मनोहर उसकी चुप्पी को देख, सरककर और पास आ गया। मनोहर ने बातें करते-करते उसकी पीठ को घेरते हुए अपनी उँगलियों से जैसे ही उसकी छाती को छुआ निर्मला झट से खड़ी हो गयी। डरी, सहमी, गुस्साई, घबराई हुई सी, मिलीजुली मुखाकृति बनाती हुई चली गयी। मनोहर ने भी उसी हाथ से जोर का मुक्का दीवार में दे मारा ...ये क्या किया? अपने ही अन्दर शर्म से भरने लगा।

अगले दिन मनोहर पहले की तरह ही अपने तय समय से होने वाले तय कामों में लग गया। मनोहर निर्मला के सामने पड़ना ही नहीं चाहता था। अगले दो दिनों तक मनोहर जब भी ऊपर नीचे गया, निर्मला को देखने से भी बचता रहा और उसकी नजरों से भी। वह अन्दर ही अन्दर शर्मिन्दिगी और आत्मग्लानि के भाव से भरने लगा था।

निर्मला के चेहरे पर इस तरह के कोई भाव नहीं थे। वह तो पहले की ही तरह सहज और दृढ़ लग रही थी।

मनोहर अकेले में खुद को ऐसी दोषपूर्ण बातों से घेर लेता जैसे ... न जाने क्या कर बैठा हो, की किसी को मुँह दिखाने लायक न रहा हो। वो ये भी सोचने लगा था की लड़कों से ज्यादा मजबूत होती हैं लड़कियाँ... अन्दर से। लड़के कितनी जल्दी सयंम खो देते हैं। क्यों वह अपने इस तरीके को प्यार जताने का तरीका समझ बैठा। उम्र के संग उठने वाली रंगीन उमंगों से की गयी इस हरकत को पूरी तरह से प्रेम प्रदर्शन के तरीके को सही न भी ठहरायें तो नकार भी नहीं सकते। प्रेम समर्पण का भाव जगाता है तो तृप्ति के लिए शृंगार की भावनाओं को भड़काने का काम भी करता है। वियोग में बिछड़ने का दुःख होता है तो मिलन की आस, चिंगारी को बुझने भी नहीं देती। धैर्य तो खोया था मनोहर ने। मनोहर खुद को ये कहकर भी समझाता कि इस बात को निर्मला भी समझती है मगर उसने खुद को बहुत ही कड़ी सीमाओं में बाँधकर रखा है।

हाँ कहूँ या ना.....?

शाम को जब मनोहर ड्यूटी से लौटा तो गोपाल दा ने ही मनोहर के लिए गेट खोला। आजा ..आजा... मैं भी अकेला ही बैठा था ...मुँह हाथ धो ले फिर एक साथ बैठकर मैच देखते हैं, खाना नीचे ही खा लेगा। आज का मैच मजेदार हो गया है। शतक होने वाला है सचिन का। शतक नहीं होना चाहिये। जब भी शतक बनाता है इण्डिया हार जाती है। गोपालदा बोल ही रहे थे की फिर से दरवाजे पर दस्तक हुई। गोपाल दा ने गेट खोला। मीनू और उसकी मम्मी की आवाज मनोहर को सुनाई दी। उसने अंदाजा लगा लिया कि निर्मला भी उनके ही साथ होगी। वे कलौनी में लगने वाले शुकरबजार से आ रही थी सब्जी लेकर। मनोहर जैसे ही कमरे की तरफ बढ़ा गोपाल दा ने फिर जोर से कहा ... जल्दी आ फिर साथ में मैच देखते हैं।

मनोहर नीचे जाऊँ न जाऊँ की स्थति में थोड़ी देर अपने दरवाजे पर ही खड़ा रहा। उसे गोपाल दा को मना करने का कोई कारण मिल नहीं रहा था।

मनोहर ने भी खाना उन्हीं के साथ खाया। निर्मला की उपस्तिथि में उसकी सिर उठाने तक की हिम्मत नहीं हो रही थी।

सचिन का शतक बनते ही गोपाल दा ...आज तो मुश्किल ही है अब, की भविष्यवाणी करके, निराश सा भाव चेहरे पर लेकर सोने चले गये। गोबिन्द को ...सुबह जल्दी उठाना है... बोलकर गोपाल दा की घरवाली ने सोने के लिए भेज दिया। मीनू ने ..एक काम है ..कहकर मनोहर को रोक लिया था। मीनू और निर्मला रसोई में सफाई कर रहे थे। मीनू ने अपनी मम्मी को भी सोने के लिए बोल दिया। मनोहर अकेला ही टीवी के आगे बैठा था। मीनू की सारी हरकत से उसे डर भी लग रहा था। न जाने ये मीनू क्या कर बैठेगी ...का खयाल बार-बार उसे डरा भी रहा था। कुछ सामान मँगाना है करोलबाग़ से, वहीं तो जाते हो ड्यूटी, वहाँ सस्ता भी मिल जायेगा। मीनू रसोई से ही मनोहर से बातें कर रही थी। निर्मला कमरे में जा चुकी थी। कपड़ों की तह करने में लग गयी। मीनू रसोई में बर्तन सजाने में लगी थी। मीनू फिर रसोई से ही बोली ... मैच खत्म हो गया तो टीवी बंद करके कमरे में बैठो मैं आ रही हूँ बस। जब मनोहर कमरे के दरवाजे पर पहुँचा तो निर्मला के हाथ में उसके इनरवेयर थे। निर्मला भी उसे देखकर

सकपका गयी। हाथ के कपड़ों को अपनी कमीज में लपेटकर जल्दी से बैग में ठूँस दिया। दोनों ही जान चुके थे कि वे दोनों एक दूसरे से क्या छुपा रहे हैं। मनोहर एक बार फिर झेंप से पानी-पानी हो गया।

मीनू भी रसोई का दरवाजा बंद करके कमरे में आ चुकी थी। तीनों बैठे थे। मीनू, निर्मला का बैग उठकर बोली ... ऐसा ही बैग चाहिये ... करोलबाग बड़ी मार्किट है ...मिल जायेगा ...ला दोगे तो बताओ। कुछ मिनट इधर-उधर की बातों में कट गये। मीनू ने आवाज को संयत करते हुए बात छेड़ ही दी। ... दो दिन से देख रही हूँ ...न एक-दूसरे की तरफ देख ही रहे हो न बात ही कर रहे हो, हूँ-हाँ हूँ-हाँ से ही काम चल रहा है, बात क्या है? इस बारे में तुमसे ज्यादा जानती हूँ ... देखती हूँ कब तक नहीं बताते। मनोहर और निर्मला दोनों ही उसकी बात सुन रहे थे। दोनों में से किसी के मुँह से बोल नहीं फूट रहे थे। दोनों एकदम चुप। मीनू ने फिर दोनों हाथ पकड़ कर मिला दिया। निर्मला ने सिर झुका लिया और मनोहर को ये देखकर ऐसा लग रहा था जैसे न जाने कितना ही बड़ा वजन उसके सिर से उतार दिया गया हो।

शुक्रवार रात की उस मुलाक़ात के बाद रविवार सुबह ही मनोहर और निर्मला को बात करने का मौक़ा मिला था। उसी दिन निर्मला को वापस भी जाना था। सुबह जल्दी उठकर निर्मला नहाधोकर अपने कपड़े सुखाने छत पर आयी थी। मनोहर भी नौ बजे के बाद ही घर से निकलता था। छत पर हल्की रौशनी थी। धूप अभी पूरी तरह से छत पर आयी नहीं थी। मनोहर खाना बनाने की तैयारी कर रहा था। निर्मला उसी के दरवाजे के सामने वाले तार पर कपड़े सुखाने लगी। कमरे का दरवाजा खुला था। फर्श पर बैठा मनोहर मटर छील रहा था। दोनों की नजर एक-दूसरे पर पड़ चुकी थी। मनोहर ने सब्जी की थाली को एक तरफ खिसका दिया। धीमी आवाज में निर्मला से कहा ...आज जा रही हो?

... हाँ पूरा एक हफ्ता हो गया ... आज जाना है। निर्मला ने भी दूर से ही धीमी आवाज में जवाब दिया।

... मुझसे नाराज हो?

निर्मला ने मुड़ कर उसकी तरफ देखा लेकिन कहा कुछ भी नहीं। मनोहर

हाँ कहूँ या ना.....?

ने फिर से बात आगे बढ़ाई ...मेरे भीतर तुम्हारे बराबर ताकत नहीं। निर्मला ने उसकी तरफ देखा तो मनोहर ही उससे नजर बचा रहा था।

... निर्मला ... मैं नहीं जानता ...मगर कुछ तो है ...मैं तुम्हारे बारे में अच्छा ही सोचता हूँ ... पता नहीं तुम यकीन करोगी भी या नहीं ...सच में मैं तुम्हें चाहने लगा हूँ ...और पता नहीं क्यों ...तुमसे या ..चाहने वाली बात से या फिर दोनों से डरता भी बहुत हूँ। बोलते-बोलते मनोहर चुप हो गया। निर्मला ने भी होंठ भींचते हुए आँखें झुका लीं। जब वापस जाने को मुड़ी तो मनोहर ने फिर से बोलना शुरू कर दिया। ...बस मेरी एक बात सुनती जाओ, मैं नहीं सकता हूँ कि तुमने मेरे बारे में क्या सोचा होगा ...शायद मैं ही गलत था ...शायद मैंने ही खुद को जताने का गलत रास्ता चुना था ...मुझे माफ़ कर देना ...बाकी कल किसने देखा है। अब तक निर्मला की पीठ मनोहर की तरफ थी। निर्मला, मनोहर की तरफ मुड़ कर बोली... इसमें यही तो समस्या है जिसे जितना चाहते हैं उसी के आगे हार भी मान लेते हैं। निर्मला की बात सुनकर मनोहर उसके चेहरे की तरफ देखकर बोलने लगा ... मैं कभी भी इस तरह की बातों को समझ नहीं पाया। अभी भी नहीं समझ पा रहा हूँ। मैं ये भी नहीं समझ पा रहा हूँ कि मैं तुमसे या तुम्हें मुझसे, आगे के लिए क्या उम्मीद रखनी चाहिए। आगे रास्ता ही रास्ता दिखेगा या मंजिल भी? थोड़ी देर की चुप्पी के बाद निर्मला बोली ...जो हम खुद चाहते हैं वैसी ही उम्मीद दूसरे से भी क्यों रखने लगते हैं ...मुझे भी नहीं मालूम। ये भावनाओं का सम्बन्ध है ... बस ...ईमानदारी से एक दूसरे की आजादी और सम्मान का ध्यान करते हुए निभाते जायेंगे। और हाँ ये बात भी सही है... जैसा मैं सोचती भी हूँ ...हम दोनों ही अलग-अलग रस्ते से एक ही मंजिल की तरफ बढ़ने के बारे में सोचने लगे हैं। मिलाने के लिए मनोहर की तरफ हाथ बढ़ाते हुए बोली ...मैं तुमसे नाराज नहीं हूँ। मनोहर ने उसका हाथ अपनी दोनों हथेलियों में भर लिया। अब न मनोहर को हाथ छोड़ने की जल्दी थी और न ही निर्मला को छुड़ाने की। आगे कुछ बोलते न बना तो मनोहर ने कहा ...चाय तो पी सकती हो ...बिल्कुल तैयार है। दो स्टील के गिलासों में चाय भरकर मनोहर ने एक निर्मला की तरफ बढ़ा दिया। इतनी देर की बातों में चाय ठण्डी हो चुकी थी। दोनों ही चारपाई पर बैठकर ठण्डी चाय पीने लगे। फिर कभी कोई बहाना मिला तो आने

की कोशिश करूँगी। मनोहर को निर्मला की बात सुनकर अच्छा लगा। निर्मला जब उठकर जाने को हुई तो एक बार फिर मनोहर ने उसका हाथ पकड़ लिया। दरवाजे की ओट में एक-दूसरे के चेहरे को देखते हुए खड़े थे। कुछ सेकेण्ड तक एक-दूसरे को देखते रहे फिर दोनों ने ही एक-दूसरे के लिए बाँहें फैला दी। दोनों बाँहों के घेरे में बंधे थे। जब मनोहर ने अपनी उँगलियों से निर्मला की ठोंडी को उठाते हुए उसके चेहरे को ऊपर की ओर उठाया तो निर्मला ने भी अपनी आँखें बंद कर दी। मनोहर ने अपने होंठ निर्मला के होठों पर रख दिये। निर्मला की गर्दन से लिपटा मनोहर का दांयाँ हाथ निर्मला के कंधे से फिसलता हुआ जब उसकी छाती पर जा पहुँचा तो इस बार निर्मला ने उसकी कलाई को पकड़ा जरूर था मगर हटाया नहीं। दो तीन मिनट की इस अवस्था में चप्पलों की चट-चट की आवाज ने खलल डाल दिया। ये आवाज सीढ़ियों से किसी के ऊपर आने की आवाज थी। निर्मला झट से कमरे से बाहर आ गयी। छत पर खड़े होकर, बालों में बंधे तौलिये से अपने गीले बाल झटकने लगी। मनोहर फर्श पर बैठ गया। सब्जी की थाली फिर से सामने कर ली।

छत पर आने वाले गोपाल दा थे। छत पर बीड़ी फूँकने आये थे। गोपाल दा अक्सर कहा करते थे ... बीड़ी, चाय का अमल तो पहाड़ीयों की पहचान ही ठैरी। निर्मला नीचे जा चुकी थी। बीड़ी फूँकते हुए, मनोहर की तरफ देखते हुए, गोपाल दा, मनोहर से बोले ...आज ये भी जा रही है। दो चार दिन बाद मीनू भी चली जायेगी। फिर से घर खाली-खाली सा लगने लगेगा। खैर ...तू नहीं समझेगा अभी ...बाल-बच्चों वाला हो जायेगा तब समझ में आयेगी ये बात। मनोहर का मन तो निर्मला को लेकर भरा भी था और खाली भी हो रहा था। होंठों को मोड़ता हुआ मनोहर बस गोपाल दा की बातों में हाँ में हाँ मिलाने में लगा था।

यही उन दोनों की इस तरह की आखरी मुलाक़ात थी। तब फोन की सुविधा भी हर किसी के हाथ तक नहीं पहुँची थी, आज की तरह। जब तक निर्मला को नौकरी नहीं मिली तब तक दो-तीन बार मीनू के आने पर उससे मिलने आयी भी। कभी मीनू ही उससे मिलने चली जाती थी। मनोहर नहीं मिल पाया। धीरे-धीरे मीनू भी अपनी गृहस्थी में रमने लगी तो उसका भी निर्मला से मिलना-जुलना कम होता चला गया। कुछ दिन तक तो निर्मला एस.टी.डी. से मनोहर को

हाँ कहूँ या ना.....?

दूकान के नंबर पर फोन करती थी। फोन हमेशा गोयल साब, दुकान के मालिक, ही उठाते थे। दोनों फोन पर ज्यादा बात तो नहीं कर पाते थे मगर एक दूसरे के घर का हालचाल जरूर पूछ लेते थे।

जब बाद में परिस्थितियाँ विपरीत हो गयी तो मनोहर, निर्मला को याद करके ये भी सोचता, की ठीक ही हुआ यदि इतने से आगे बढ़ गये होते तो परिस्थितियों के सताये, दोनों नयी परिस्थितियाँ पैदा कर देते ... कौन जानता है ...अनुरूप होती या विपरीत। दोनों ही अपनी पारिवारिक, आर्थिक, सामाजिक जिम्मेदारी का बोझ जो उठाये हुए थे। भगवान जो भी करता है, सब भले के लिये करता है। मनोहर अपने आप को तसल्ली देने की कोशिश करता मगर फिर भी उसके खयाल से निर्मला थी की हटती ही नहीं थी।

परिस्थितियाँ कुछ इस तरह से बदली ... दोपहर का समय था। मनोहर भी दुकान में ही था। गोयल साब ने उसे पुकार कर कहा की उसके लिए फोन है। मनोहर फोन पर अपने बौज्यू की आवाज सुनकर ही आशंकित सा हो गया था। जब भी करता था मनोहर ही किया करता था। उन दिनों गाँव में सभी के घर फोन भी नहीं थे। दूसरों के घर पर फोन करके, अगले दिन का फोन करने का समय बताकर या पूछकर अपने घर से किसी को बुलाने के लिए कहा जाता था। जिनके घर फोन करते थे वे भी कभी बताते थे कभी नहीं भी। जिनके घर फोन थे उनके लिए भी परेशानी होती थी दूसरों के घर जाकर बताना पड़ता था की कल इतने बजे फोन आयेगा। कुछ लोग दूसरों की मदद से खुश भी होते थे तो कुछ एहसान भी जताते थे। फोन पर बौज्यू की बात सुनकर मनोहर का चेहरा पीला पड़ने लगा था। कंपकपी छूटने लगी थी। खबर उसकी ईजा की तबीयत को लेकर थी। इतना तो उसे भी पता था कि उसकी ईजा बायें पैर में दर्द बताती थी। उसे उसके बौज्यू ने बताया की उसकी ईजा का कमर से नीचे का हिस्सा सुन्न पड़ गया है। रात को तो ठीक-ठाक ही सोई थी लेकिन सुबह उठ नहीं पायी। सुबह ही झाड़ने वाले को भी बुलाया था, मालिश भी कर ही रहे हैं, डॉक्टर भी इंजेक्शन लगा गया। बीस की उन्नीस नहीं हुई, कतैई फरग नहीं है। वैसे तो ...बोलचाल, देख-सुन समझ सब रही है ... पर बात वही है टट्टी-पेशाब का भी पता नहीं चल रहा उसे। हालत ऐसी हो गयी है की कमर के नीचे काट भी दोगे तो पता ही नहीं

चलेगा। मनोहर ने बड़ी हिम्मत करके पूछा ...कब से आज सुबह से। नहीं कल से ...उसके बौज्यू ने जावाब दिया। मनोहर ने गोयाल साब से पैसे लिए, कमरे पर गया, गोपालदा तो ड्यूटी गये थे। घर पर उनकी घरवाली थी। उन्हें पूरी बात बतायी और फिर गाँव के लिए शाम की गाड़ी पकड़ने के लिए आनन्द विहार को चला गया।

ईजा की तबीयत के चलते मनोहर और उसके बौज्यू उसकी ईजा को लेकर अस्पतालों के चक्कर काटते रहे। कहीं कुछ नहीं हुआ। गाँव में भी पूछ-तांछ, पुड़िया-फंकी, झाड़-फूँक, जौ-जागर सब किया। देब-भीसौंड़, सब पूज दिये। मगर राई-रत्ती फ़रक नहीं हुआ। दिल्ली लाकर भी अस्पतालों के चक्कर काटे। घर पर तो मनोहर की छोटी बहन थी, जो इतनी बड़ी तो थी कि ईजा को नहला-धुला सके। कपड़े पहना सके। टट्टी-पेशाब साफ़ कर सके। मगर दिल्ली लाकर मनोहर ही सब करता था। मनोहर को देखकर उसकी ईजा के आँखों से आँसू ही बहते रहते। एक ही बात बार-बार कहती ...अच्छा होता मर ही जाती। मनोहर अपनी ईजा की बात से उदास तो होता फिर तभी सँभलते हुए ज़रा जोर से कहता ...माँ को अपनी औलाद से कैसी शर्म। गोपाल दा की भी बड़ी कृपा रही। उन्होंने भी बहुत सहारा किया। उनकी घरवाली ने भी। खबर लेने के लिए मीनू भी आयी। मनोहर ने मीनू से निर्मला को कुछ भी बताने से मना कर दिया था। फिर भी मीनू उसे बताती थी। मगर किसी भी तरह से संपर्क में आने से मना भी कर देती थी। वो ऐसा मनोहर के कहने पर ही कर रही थी। निर्मला, मनोहर के लिए विशेष लगाव और प्रेम थी तो वो उसके लिए एक आदर्श की तरह भी थी। कि कैसे उसने विपरीत परिस्थिति में खुद को और अपने परिवार को सँभाला था। मनोहर निर्मला को लेकर अपना मन कठोर कर चुका था। दो दुःखी मिलकर आखिर किस तरह से सुखी रहेंगे ...मनोहर के मन में ये बात मजबूती के साथ बैठ गयी थी। ईजा के इलाज के चलते मनोहर नौकरी भी नहीं कर पाया। घर की सारी जमा पूंजी भी नहीं रही। आखिर मनोहर गोपाल दा का कमरा खाली कर गाँव ही चला गया।

....

हाँ कहूँ या ना.....?

मनोहर महीनों तक गाँव में ही रहा। मगर कब तक रहता। खाली, बेरोजगार रहना भी उसे खलने लगा था। उसकी ईजा की हालत में कोई सुधार नहीं हुआ था। हालात से हारे हुए परिवार ने हालात को जस का तस मानने का मानो समझौता कर लिया था। मनोहर अपने गाँव के एक दोस्त के पास गुड़गाँव चला गया। उसी के साथ रहने लगा। वहीं अपनी पहले के नौकरी की तरह ही शोरूम में नौकरी करने लगा। उसने फिर से गोपाल दा से संपर्क भी कर लिया था। कभी-कभी उनके यहाँ जाता भी था। मनोहर, गोपाल दा के घर से अपनेपन की भावना से बंधा जो था। उस परिवार से उसका मन जुड़ा हुआ था। उनके घर जाने पर गोपाल दा उसे कम ही मिलते थे। क्योंकि उनकी छुट्टी शनिवार इतवार की रहती और मनोहर की हफ्ते के बीच में कभी भी। एक-दो बार उसे मीनू भी मिली। उसी ने बताया कि निर्मला भी नौकरी कर रही थी। इससे आगे मनोहर ने निर्मला के बारे में मीनू को कुछ बताने से भी रोक दिया था और खुद कुछ पूछा भी नहीं था। बस इतना ही कहा ...अपनी-अपनी जिम्मेदारियाँ निभा रहे हैं ...सब कुछ भूलकर ... बस ऐसे ही निभाने दो ...आपस में दर्द बाँटने से तो दर्द और भी फैल जायेगा ... अच्छा होगा कि ...जो था ...कुछ था ही नहीं मान लें। मीनू भी मनोहर की स्थिति को लेकर दुःखी थी। लेकिन कुछ कर भी नहीं सकती थी। मनोहर के ऐसा कहने के बाद मीनू जब भी उससे मिलती तो सिर्फ उसके परिवार के बारे में ही पूछती। निर्मला के बारे में बात करना दोनों ने ही बंद कर दिया था। ऐसा भी नहीं था की मनोहर निर्मला को भूल गया था। मगर लम्बे समय से सम्पर्क में नहीं रहने से संकोची भी हो गया था। मीनू फिर भी, जितना भी मनोहर के बारे जानती थी सब निर्मला को बताती थी।

मनोहर को सालभर भी नहीं हुआ था नौकरी करते हुए कि उसके ईजा-बौज्यू उस पर शादी का दबाव डालने लगे। बार-बार उसे घर के हालातों से अवगत कराया जाता था। उसकी ईजा तो अक्सर बातें करते हुए रोने ही लगती थी। यही कहती ... मेरी आँखों देखी शादी हो जाती तो अच्छा ही था मेरी आँख बंद होने के बाद करो न करो मैं कुछ कहने जो क्या आऊँगी। ये भी बताया जाता की उसकी बहन भी अब शादी लायक हो गयी है। ईजा-बौज्यू की बातें सुनकर मनोहर को अपनी बहन की भी फ़िक्र होने लगती। मोबाइल फोन चलन में आ

चुके थे। मनोहर के पास भी था और उसने अपने घर पर भी दे रखा था। ईजा-बौज्यू से रोज ही बातें होती थीं।

जानकी भी गरीब घर से थी। गरीबी की वजह से ही घर के हालात बिगड़े होने पर भी उसका रिश्ता मनोहर से जुड़ा था।

जानकी मनोहर के घर बेटी बनने आयी थी मगर हमेशा बहू बनकर ही रही। मनोहर कभी भी जानकी से स्वभाव, व्यवहार को सुधारने, बदलने की बात नहीं करता था। न कभी उसके स्वभाव, व्यवहार को लेकर नाप-तोल वाली बात ही सोचता। मनोहर बस उसके बारे में इतना ही सोचता की इस घर में आयी तो सीधे ही चुनौतीयों के सामने ओंधे मुँह आ गिरी। शादी के बाद भी जब मनोहर को निर्मला का खयाल आता तो वो सब कुछ अपने मन में ही दबा लेता। उसे जानकी का स्वभाव, मन की इन बातों को बाँटने लायक भी कभी नहीं लगा।

मनोहर की शादी के बाद उसकी बहन की शादी भी जल्दी ही हो गयी। उसकी ईजा का शरीर जीण-क्षीण होता जा रहा था। वर्षों तक बिस्तर पर ही पड़े रहने से शरीर गलने लगा था। उसके ईजा-बौज्यू को खुशी इस बात को लेकर थी की दोनों बच्चों की शादी कर दी थी। आश भी बड़ी असरदार चीज है। मनोहर की ईजा अब अक्सर ये कहने लगी थी ...बच्चों का भला देख लेती ...उसके बाद आँखें बंद हो भी जाती तो अपने आप होती। जब मनोहर की ईजा का देहाँत हुआ तब मनोहर का बेटा ढाई साल का और उसकी बहन का बेटा छ:-सात महीने का था।

···

स्मृति से उसकी छाप मिटी तो नहीं थी। धुंधली होने का अहसास जरूर हो रहा था। हृदय में जिसके सबसे निकट होने का भाव ... एक वक्त इस कदर था कि सारी जिंदगी इसी बहाव के साथ बहते रहने का विचार भी अपनी पराकाष्ठा पर था। मगर क्या करें ...स्वार्थ भरा ही रहा जीवन का सफर। जिसने एक तय सीमा के बाद उन उठती लहरों को इस तरह शांत कर दिया की अस्तव्यस्तता भरी जीवन शैली में खुद को ही खो बैठा। देर तक अनवार लेते रहा था मनोहर। जब उसे अपने पर यकीन हो गया तो फिर अपने में ही खो सा गया। यदि वक्त हर घाव भर देता है तो वक्त ही है जो कभी-कभी छोटे-मोटे दोहराव कर पुराने

हाँ कहूँ या ना.....?

जख्मों को उधेड़कर भी रख देता है। मनोहर को ऐसा लग रहा था जैसे वो धूल भरे आईने में अपना चेहरा देख रहा हो। धुंधली दिखने वाली अपनी ही छवि को खुद की छवि मानने से उसे एतराज हो। वो जिसकी अनवार ले रहा था, क्या सच में वो निर्मला ही थी? उसे यकीन हो भी रहा था मगर यकीन से नहीं।

बीते लम्बे वक्त और हालात के थपेड़ों ने सूरत में जरूर थोड़ा बदलाव कर दिया था मगर मन में भरा लगाव कैसे बदल सकता था। मनोहर को यकीन नहीं हो रहा था कि जिस तरह के खुशी के माहौल में उन दोनों की जान-पहचान हुई थी और जी-जान की हद तक पहुँचने की तरंगें मन में डोल उठी थी उसी तरह के माहौल में बरसों बाद फिर से दोनों का आमना-सामना होगा।

मौक़ा गोबिन्द की शादी का था। मनोहर और निर्मला एक बार फिर आमने-सामने आ खड़े हुए। आपस में बातचीत करने का बस एक ही बहाना बचा था पुरानी जान पहचान। भले ही सूरत बदल गयी थी मगर पुरानी वाली सूरत दोनों के मन में ज़िंदा हो गयी। ...बातें, मिलना भले ही न हुआ हो लेकिन हर हाल जानती हूँ मैं तुम्हारा। तुमने ठीक ही फैसला किया। सही में सच्ची राजदार है ...मीनू। मुझे सारा हाल सुनाया है उसने। निर्मला के हाथ जुड़े थे नमस्कार की मुद्रा में और मनोहर के परिवार के लोगों का नाम ले लेकर हाल चाल पूछ रही थी। नमस्कार की मुद्रा में हाथ जोड़े मनोहर चुपचाप खड़ा ही रहा। अपने आप से नाराज-सा लग रहा था मनोहर ...क्यों उसके बारे में कुछ नहीं जानता? उसने कभी कोशिश क्यों नहीं की जानने की? उसके भीतर घबराहट सी पैदा होने लगी थी। निर्मला से उसके बारे में पूछने की हिम्मत जुटा ही रहा था कि उसे किशन आता दिखाई दिया। किशन की गोद में छोटी बच्ची थी। मनोहर पर नजर पड़ते ही किशन ने अपनी गोद से बच्ची को निर्मला की गोद में दे दिया और मनोहर के गले लग गया। कमाल के आदमी हो यार ... मिलने में इतनी देर लगा दी। न अता-पता न फोन ...सुना है शादी के बाद तो तुमने मौसी के घर आना-जाना भी बंद सा कर दिया है। ये है हमारी बेटी प्रज्ञा। पर हम मीनू ही कहते हैं। मीनू इसलिए की निर्मला को मीनू की शादी में ही तो देखा था पहली बार। और तुम बताओ बच्चे कहाँ हैं? किशन लगातार अपनी ही लगाता रहा। गोबिन्द की शादी का रिसेप्शन था, बारात अगले दिन जानी थी। किशन मूड में भी था। मनोहर उसकी इस

आदत से परिचित था। किशन के शांत होने पर मनोहर ने बोलना शुरू किया। ... बच्चे गाँव में ही रहते हैं। दो बेटे हैं मेरे। मैं गुड़गांव में ही रहता हूँ। टेंट भी उसी पार्क में लगा था जिसमें मीनू की शादी हुई थी। शोर भी वैसा ही था। शाम का समय था। टेंट में अभी तो बस मेहमान ही नजर आ रहे थे। कलौनी का कोई भी नजर नहीं आ रह था। भीड़ अभी कम थी तो एक कोने में खड़े होकर इतनी बातें करने का मौक़ा मिल गया था। मनोहर अभी गोपाल दा, मीनू किसी से भी नहीं मिला था। किशन ने मनोहर का हाथ पकड़कर साथ आने को कहा मगर मनोहर ने मुस्कराते हुए मना कर दिया। मनोहर समझ गया था कि किशन उसे किधर ले जायेगा। ठीक है तुम यहीं पर रुको मैं अभी आता हूँ ...कहकर किशन भीड़ के बीच चला गया। मनोहर ने निर्मला की बेटी को गोद में उठा लिया जो निर्मला की उँगली थामे खड़ी थी। किशन के गोद में देने के बाद निर्मला उसे ज्यादा देर तक गोद में नहीं रख सकी क्योंकि निर्मला पेट से थी। मनोहर ने पूछ ही लिया ... कितने साल की हो गयी। अभी पिछले महीने ही चार साल पुरे हुए हैं। मेरे पास भी जिम्मेदारियाँ थी ...तुमसे बाद में हुई मेरी शादी। निर्मला की बात सुनकर मनोहर इधर-उधर देखने लगा। तभी उसे गोपाल दा आते दिखाई दिये। साथ में मीनू भी थी। उनकी नजर भी मनोहर पर पड़ गयी थी। वे भी सीधे उसी के पास आ गये। मनोहर ने उन्हें नमस्कार किया। भौत बढ़ीया मनोहर बाबू ...अब ये नहीं की आज आ गये ...कल भी बरात में जरूर ही शामिल होना है। इतना कहकर गोपाल दा दूसरे लोगों से मिलने के लिए आगे बढ़ गये। मीनू उन्हीं के पास रुक गयी। कुछ सेकेण्ड तक दोनों की तरफ देखती रही। पास की खाली कुर्सियों की तरफ इशारा करते हुए बोली ...खड़े क्यों हो ...आओ यहाँ बैठते हैं। मीनू दोनों से ही उनका और उनके बच्चों का हाल चाल पूछने लगी। वे कुछ जवाब देते उससे पहले ही खुद ही बोल पड़ी ... मेरे तो अब बड़े हो गये ...मेरी शादी पहले हुई तो होने ही थे। दोनों ही गुमसुम से लगे मीनू को। अपने पहले की तरह ही बोलने की आदत में आगे बोली ...मैं तो भूल ही गयी ...अपने बेटे को ढूँढ़ने आयी थी... बहुत चंठ है ...कब से आ गया बच्चों के साथ ...बेटी तो अपनी नानी के साथ घर पर ही है ...बेटा यहीं खेल रहा है कब से ...अभी बाप नहीं आया उनका ...एक साथ नहीं देखेगा तो भड़केगा ... बच्चों का खयाल भी नहीं रख सकती कहेगा।

पुरानी यादों ने तीनों को एक बार फिर से घेर लिया था। दोनों की चुप्पी देख मीनू ने मनोहर की बाँह पकड़ते कहा ...आओ ...तुम्हें भी दिखाती हूँ। निर्मला बस दो मिनट बैठो अभी आते हैं। मीनू, मनोहर को अपने साथ ले गयी। मीनू, मनोहर, निर्मला की नजर से दूर दूसरी जगह बैठ गये। मनोहर और निर्मला को फिर से एक साथ देखकर मीनू भी रुआँसी सी होने लगी, चेहरा उतर सा गया। मनोहर भी उसकी हालत को समझ रहा था। मीनू, मनोहर से बस इतना ही पूछ सकी ...क्या बात है तुम इतना मुरझा से क्यूँ गये हो? मनोहर भी गले में कुछ अटकता सा अनुभव करने लगा था। उसे कुछ भी जवाब नहीं सूझा तो उठते हुए बोला ...चलो तुम्हारे से बेटे को देखते हैं, कहाँ क्या कर रहा है।

मीनू अपने बेटे का हाथ पकड़े और साथ में मनोहर जब निर्मला के पास पहुँचे तो किशन वहीं खड़ा था। पास आते ही किशन, मनोहर की बाँह पकड़कर अपने साथ डीजे की तरफ ले गया। किशन फुल मूड में था। मनोहर उसे रोक नहीं पाया। डीजे के पास जहाँ बच्चे नाच रहे थे, किशन भी नाचने लगा। मनोहर से भी नाचने की जिद करने लगा मगर मनोहर दर्शक ही बना रहा। मनोहर को बरसों पहले की बात ध्यान में आ गयी ... यहीं पर मैं तब भी दर्शक था और आज भी दर्शक ही हूँ।

टेंट में भीड़ बढ़ने लगी थी। शोर भी बढ़ने लगा था। मनोहर इस सब से बाहर निकलने की सोच रहा था मगर इतनी जल्दी ये संभव भी नहीं था। मनोहर धीरे-धीरे वहाँ से खिसकने की सोच ही रहा था कि कॉलोनी के एक-दो पुराने जानने वाले मिल गये। खाना खुल चुका था। मनोहर ने उन्हीं के साथ खाना खाया। पुरानी यादों की खुरचन में जलन-सी हो रही थी। उससे ठीक से खाना भी नहीं खाया गया। खाना खाकर पिछवाड़े हाथ पोंछकर निकलने वालों की भीड़ के साथ ही मनोहर वहाँ से निकल गया।

मनोहर एकांत चाह रहा था। मेन रोड की तरफ पैदल चलता मनोहर समझ ही नहीं पा रहा था कि उसके अन्दर चल क्या रहा था। मनोहर ने मेन रोड से मैट्रो तक के लिए ऑटो ले लिया। उसने एफ.एम. की आवाज को कम करने के लिए कहा जो कि ऑटो वाले ने बहुत तेज की हुई थी। खुद की बहलाने के लिए

मोबाईल पर व्हटसअप संदेश देखने लगा। एक संदेश पर उसकी नजर टिक सी गयी। जो कुछ इस तरह से था कि काफी हद तक मनोहर पर सटीक बैठता था और मनोहर को भी ऐसा ही लग रहा था जैसे उसी को ध्यान में रखकर लिखा गया हो। ...एम से नाम शुरू होने वाले लोग बातों को मन में दबाकर रखते हैं। मन में दबाकर रखने की प्रवृति इन्हें खुद को भी परेशानी में डालती है। ऐसे लोगों से दूरी बनाये रखना ही बेहतर होता है। अपने परिवार से प्यार करते हैं। खर्च करने में ज्यादा सोच विचार नहीं करते। सबसे बेहतर की ओर आकर्षित होते हैं। जिस रिश्ते में पड़ते हैं डूबते चले जाते हैं। इन्हें ऐसे साथी की तलाश रहती है जो इन्हें जी जान से प्यार करे। प्यार की बात करें तो ये संवेदनशील होते हैं। ये सब पढ़कर मनोहर यूँ ही बेवजह मुस्करा दिया। वह खुद को हल्का-सा महसूस करने लगा। वह अब पूरी तरह से स्वीकार चुका था कि नाप-तौल के पैमाने पर प्रेम खिसक कर अब स्नेह का स्थान ले चुका है।

(इस कहानी के आधार, यही आखरी वाले शब्द ही हैं। मैं अपने स्कूली दिनों को आज भी याद करता हूँ। बात मेरी नवीं कक्षा की है। हिंदी के गुरुजी थे श्री पीताम्बर पाण्डे जी। उन्हीं की कही एक पंक्ति और कुछ देखी, कुछ सुनी सुनाई बातों, कल्पनाओं को जोड़कर कहानी का रूप देकर बड़ा करने की कोशिश की है। बात का ध्यान आते ही उस दिन की कक्षा आँखों के सामने आ जाती है। पाण्डे जी ने प्रेम और स्नेह में अंतर समझाते हुए कहा था ...प्रेम वो है जो मैं अपनी पत्नी से करता हूँ और स्नेह वह है जो मैं दूसरे की पत्नी से रखता हूँ।)

ऑटो में एफ.एम. अभी भी बज था मगर धीमी आवाज में। अब मनोहर को भी महेन्द्र कपूर की आवाज अच्छी लग रही थी। ऑटो वाले से आवाज बढ़ाने के लिए कहने की, मनोहर को हिम्मत नहीं हुई।

वो अफसाना जिसे अनजाम तक लाना न हो मुमकिन

उसे एक खूबसूरत मोड़ देकर छोड़ना अच्छा

चलो एक बार फिर से अजनबी ...।

हाँ कहूँ या ना.....?

जिंदगी का मुकद्दर सफर दर सफर

आखिर उसने फैसला ले ही लिया। उसके पास रास्ता ही क्या बचा था। उसने कितनी ही कोशिशें नहीं की थी क्या? की सब कुछ ही बचा लिया जाय। मगर जिंदगी में सब कुछ कहाँ मिलता है किसी को। उसके लिए सब को बचाना मुश्किल हो गया था। फैसला तो लेना ही था सो ले लिया। अगले सफर का।

....

भगवती अपने पति और दो बेटों के साथ संगम विहार कलौनी में चार कमरों वाले पचास गज के मकान में रहती थी।

बेटी तो थी नहीं इसलिए गृहस्थी का सारा जिम्मा उसी के सिर था। बेटे थे जो घर के कामों में माँ का हाथ बटाना अपनी शान के खिलाफ समझते थे। सुबह उठने से रात को सोने तक भगवती घर के कामों में ही खटती रहती।

पति बहुत ही सज्जन और सरीफ आदमी थे। उन्होंने ऊँची आवाज में भी कभी किसी से बात नहीं की थी। इसी वजह से भगवती घर, परिवार, दुनियादारी के फैसलों में हमेशा पति के साथ खड़ी रहती थी। लोग हमेशा उनकी शराफत का फायदा उठाने के फिराक में जो रहते थे। और भगवती ने भी हमेशा सबको बनाया और जोड़ा था। कभी कुछ बिगाड़ा या तोड़ा नहीं था।

उसका बड़ा बेटा गंभीर स्वभाव का और छोटा चंचल स्वभाव का था। अमुमन दो बच्चों वाले परिवार में एक का गंभीर और एक का चंचल होना आम बात है।

पहले वे भी किराये पर ही रहते थे। पति की प्राइवेट नौकरी थी। सीमित आमदनी। छोटे बंच्चे। बूढ़े सास-ससुर। भगवती की सूझबूझ थी जो पति ने भी

हिम्मत दिखाई और संगम विहार में पचास गज के जमीन के टुकड़े पर दो कमरों का अपना मकान बना लिया।

बड़े वाले ने अपनी पढ़ाई पूरी करके एक प्राइवेट कंपनी में एकाउंटेंट की नौकरी कर ली।

छोटा अपना छोटे होने का पूरा फायदा उठता। मौज मस्ती ही उसके लिए सब कुछ थी। किसी के भी समझाने में नहीं आता था। जब भी कोई उसे समझाने की एक बात कहता तो वह एक की दस बात बना देता।

जब भगवती के पति की तबीयत खराब रहने लगी तो उन्हें नौकरी छोड़कर घर पर ही रहना पड़ा।

पति पत्नी दोनों ही गृहस्थी की और कल की फ़िक्र में उलझे रहने लगे।

जब नौकरी छोड़ने पर प्रोविडेंट फंड, ग्रेजुयेटी का हिसाब मिला तो भगवती ने ही उन्हें राय दी थी ... बच्चे अब शादी के लायक हो गये हैं। अभी दो पैसे हाथ में हैं। क्यों न दो कमरे ऊपर और बना लें। दोनों के लिए हो जायेगा। अभी एक की शादी कर दी तो रहने की ही मुश्किल हो जायेगी। जरूरत तो पड़नी ही है। भगवती की बात उसके पति को भी जम गयी। और इस तरह से दो कमरों का घर चार कमरों का बन गया।

बड़े की शादी को लेकर जान पहचान, रिश्तेदारी में बात चलने लगी।

छोटा बेटा भी कमाने लगा था। मगर उसकी चंचलता कम नहीं हुई थी। शौक-शौक में ही सही वह शराब की बुरी लत की तरफ धीरे-धीरे बढ़ने लगा था। मगर अभी सब कुछ पर्दे के पीछे ही था।

जब उस दिन बड़ा वाला ड्यूटी से देर रात तक घर नहीं लौटा तो सब परेशान हो गये। उसका फोन भी बंद था। अपनी तरफ से पूरी इंक़ारी करने पर जब कुछ भी पता नहीं चला तो देर रात थाने में जाकर शिकायत दर्ज कराई।

अगली सुबह एक पुलिस वाला उनके घर आया। उसी ने बताया की कल रात से ही उन्हीं के घर के ठीक सामने वाले घर की लड़की भी गायब है। उसका भी कुछ पता नहीं चल रहा। फोन भी बंद है। पुलिस को शक था कि दोनों गायब

हाँ कहूँ या ना.....?

नहीं बल्कि एक साथ भागे हैं। इसी को लेकर पुलिस वाले ने उनसे पूछताछ की। उन्हें तो कुछ भी मालूम ही नहीं था तो बताते क्या। आमने-सामने के घरों से एक लड़का और एक लड़की के गायब होने की खबर से दोनों परिवार परेशान थे। बात पूरी कलौनी में फैल गयी। भगवती और उसके पति ने तो इस बात को लेकर चुप्पी साध ली। मगर लड़की के परिवार ने थाने में ये शिकायत दर्ज करा दी कि उनकी लड़की को भगवती का लड़का बहला-फुसलाकर भगा ले गया है। उनके घर में उनकी जान पहचान के लोग जमा होते। भगवती के परिवार को गालियाँ देते। शोर शराबा करते। उनका जीना मुश्किल कर दिया था। पुलिस वाले भी उनको ही बार-बार थाने बुलाकर तंग करते। लड़की का परिवार पैसों के मामले में ठीक-ठाक था और वे पैसे की ताकत दिखाने लगे। कई दिन तो भगवती और उसके पति को थाने में घंटों तक बिठा दिया जाता।

भगवती और उसका पति तो अब भगवान से यही प्रार्थना कर रहे थे कि... या तो दोनों मिलें ही नहीं ... या केवल लड़की ही मिले ... और यदि दोनों साथ ही मिल भी जायें तो अपनी मर्जी से साथ भागने की बात पर ही अड़े रहें। दोनों बालिग़ थे।

दो हफ्ते बाद लड़का लड़की दोनों एक साथ पुलिस की पकड़ में आ ही गये। पुलिस ने ये खबर दोनों के परिवार वालों के पास भेजी और थाने में बुलाया गया। भगवती, उसका पति और छोटा बेटा बेहद डरी हुई हालत में थाने पहुँचे। सभी जानते थे ऐसे मामलों में लड़की का पक्ष ही मजबूत रहता है। उसी की बात पर सब कुछ बिगड़ भी सकता है और बिगड़ी बात सुधर भी सकती है।

भगवती और उसके परिवार के लिए सबसे ख़ुशी की बात ये थी कि लड़की अपने फैसले से मुकरी नहीं। उन दोनों ने जो भागने का प्लान बनाया था उसमें उसकी पूरी तरह से रजामंदी थी। उसने अपने बयान में ये स्पष्ट रूप से मान लिया था।

दोनों के बयान दर्ज हुए। दोनों बालिग़ थे। शादी की उम्र... अट्ठारह और इक्कीस से अधिक के भी। परिवार वालों से भी लिखवाया गया कि लड़का-लड़की को किसी भी तरह से तंग नहीं किया जाएगा और दोनों को कानूनी तौर

पर शादी करने की सलाह दी गयी। दोनों नौकरी करते थे, सक्षम थे।

सारा मामला सुलझ गया। भगवती बेटे की शादी को कानूनी जामा पहनाकर घर ले आयी। दोनों परिवार भले ही वर्षों से एक दूसरे को जानते थे मगर रिश्तेदारी की जाय इस हद तक की कोई गुंजाइश नहीं थी। जात-पात के मामले में दोनों ही सख्त थे। इन सब बातों को भगवती ने जो हुआ सो हुआ की पुड़िया में लपेटकर दिमाग से निकाल फेंका मगर लड़की के परिवार वाले ऐसा नहीं कर पा रहे थे। वे तो रोज ही कुछ न कुछ हो हल्ला मचाते रहते। भगवती ये मानती थी कि आखिर समय के साथ सब सुधर जायेगा। और सुधरा भी। उनकी हरकतों को लेकर भगवती ने बहू से कहकर ही जब पुलिस में शिकायत की तो सब ठीक हो गया।

जिन्दगी की गाड़ी एक बार फिर पटरी पर दौड़ने लगी।

लड़की वाले भी कब तक नाराज रहते। दिन में कई-कई बार तो एक दूसरे के सामने से होकर जाना पड़ता था। भगवती का पोता होने की खुशी ने ये दूरियाँ भी खत्म कर दी। फिर से दोनों परिवार एक-दूसरे का सुख-दुःख बाटने लगे।

भगवती के पति की तबीयत तो काफी पहले से ही खराब रहने लगी थी। उनकी दिन पर दिन बिगड़ती सेहत की वजह से भगवती अब जल्दी से जल्दी छोटे की भी शादी कर देना चाहती थी। छोटा वाला पढ़ा लिखा भी कम ही था। कमाई भी कम ही थी। उसकी पीने की आदत को पति पत्नी दोनों ही जानते थे। मगर कभी इस बात को एक दूसरे से कहते नहीं थे। इस पर भगवती ने पति को सुझाव दिया ... ऐसा है बड़े ने तो अपने मन की कर ली। छोटे से पूछ लेते हैं। अपने मन की करनी है या फिर हमारे मन की। और यदि हमारे मन की करनी है तो उसके लिए अपने तरफ की ... पहाड़ी लड़की ही देखते हैं। मिल भी जायेगी। पहाड़ के लोग तो दिल्ली रहने वाला लड़का ही खोजते हैं आजकल। माँ बाप बेटा एक ही बात पर राजी हो गये कि शादी तो पहाड़ से ही होगी।

छोटे की शादी बड़े ही धूमधाम से की गयी। अब ऊपरी मंजिल पर छोटा रहने लगा। पहले बड़ा रहता था। जब से पोता हुआ तब से भगवती ने बड़े को नीचे ही रहने को कह दिया था। वो तो निचे के कमरे में ही रहती थी। दिन में सब

हाँ कहूँ या ना.....?

के ड्यूटी चले जाने पर बीमार पति, नादान पोता, रसोई, दरवाजे पर आने- जाने वाले सभी उसी के जिम्मे था और वो बार-बार ऊपर-नीचे करने से बच जाय के विचार से ही उसने बड़े वाले को नीचे ही रहने को कहा था। उसकी बड़ी बहू भी उसी की हाँ में हाँ मिलाती थी।

घर पर खाली रहना बस दिन भर बीड़ी फूँकते रहने से भगवती के पति को टीबी की बिमारी ने अन्दर ही अन्दर खोखला दिया था। जब तक उन्हें इस बात का पता चलता, इलाज होता ... देर हो चुकी थी। बत्ता अस्पताल में छः दिन भर्ती रहे मगर बचाए नहीं जा सके। भागवती को इस दुःख का भी सामना करना पड़ा।

पति के गुजर जाने के बाद उसकी सेहत भी दिन पर दिन गिरने लगी थी। बड़ा बेटा और बहू उसका पूरा खयाल रखते थे। छोटे के व्यसन बढ़ने लगे थे जिससे की छोटी बहू की जबान की कड़वाहट भी बढ़ने लगी थी। छोटी एक ही बात कहती ... उसकी ठग के शादी की गयी है शराबी से। घर का माहौल फिर से बिगड़ने लगा था।

छोटे की लड़की हुई। भगवती खुश हुई कि शायद अब उसका बेटा सुधर जायेगा। मगर बच्ची का मुँह देखकर भी उसमें कोई बदलाव नहीं आया। नौबत यहाँ तक आ गयी कि छोटे को नशा मुक्ति केंद्र में दाखिल करने का फैसला करना पड़ा। आस-पड़ोस, नाते-रिश्तेदार, जान-पहचान के सभी ने यही सलाह दी थी।

गलत भी कुछ नहीं था। सुधरने का एक रास्ता था। उम्मीद तो नहीं छोड़ी जा सकती थी।

बड़ा बेटा और बहू ड्यूटी चले जाते। छोटी अपनी लड़की को लेकर ऊपर ही रहती। भगवती हाथ बटाने वाले होते हुए भी गृहस्थी और पोते की देखभाल का वजन अकेले ही अपने सिर उठाये हुए थी।

छोटे को नशा मुक्ति केंद्र में भर्ती किये एक महीना बीत गया। भगवती को उसकी चिंता भी होने लगी थी। छोटी बहू भी उससे कुछ अच्छा व्यवहार करती नहीं थी। बड़ी वाली ने भले ही अपने मन की शादी का फैसला लिया हो

मगर अब वो किसी भी तरह की मनमानी नहीं करती थी। जो भी करती भगवती उससे खुश थी।

एक महीना ही बिता था कि एक दिन भगवती ने छोटे को देखकर आने की जिद पकड़ ली। बड़े बेटे ने उसे समझाया भी कि वहाँ किसी को भी नहीं मिलने दिया जाता। उसे कम से कम तीन महीने तक तो रहना ही पड़ेगा। बड़े बेटे के मना करने पर छोटे की बीवी ने फिर से भगवती को भला बुरा ही सुनाया। सबकी बात सुनकर बड़े को अपनी माँ को लेकर छोटे को देखने जाना ही पड़ा। वहाँ उन्हें सीधे आमने-सामने तो नहीं मिलने दिया गया मगर जिस कमरे में वो था उस कमरे में लगे कैमरे से टी.वी. पर भगवती को उसके बेटे से मिलाया गया। बस देख ही सकती थी। कैमरे की आवाज बंद थी। सिर्फ मिलने आने वाले ही देख सकते थे। सुधार केंद्र में भर्ती व्यक्ति को ये पता नहीं चलता कि उसे देखने, उसका हाल चाल जानने कौन आया है।

भगवती अपने बेटे को देखकर खुश थी। उसका बेटा कुर्सी पर शांत बैठा था। कुछ पढ़ रहा था। ये सब देख भगवती अपने बेटे की सारी बुराइयाँ भूल गयी। उसे विश्वास हो गया कि एक ही महीने में उसका लड़का सुधर गया है और वो उसको घर ले जा सकती है। भगवती ने बड़े बेटे से कहकर सुधार केंद्र के लोगों से बात की। सभी ने उनसे यही कहा की उसका व्यवहार ठीक है। वो एकदम शांत रहता है। कुछ न कुछ पढ़ने के लिए माँगता है। कभी भी ज्यादा परेशान नहीं करता। जो भी कहो समझने की कोशिश करता है। एक ही महीने में उसमें अच्छा सुधार हुआ है।

भगवती बेटे के ठीक हो जाने के अच्छे विचार के साथ घर लौटी। घर पहुँचकर दोनों बहुओं को भी उसका हाल सुनाया। बड़ी को सुनकर बहुत अच्छा लगा मगर छोटी ने फिर वही अपने अंदाज में सास को सुना दिया ... अच्छा ही हो गया तो घर क्यों नहीं ले आती ... ठगने में तो माहिर हो ... और न जाने क्या-क्या कह गयी। इस बार भगवती को बात चुभ गयी। अब वो इस बात पर अड़ गयी कि छोटे को जो भी हो घर लाना ही है। इस बार वो किसी के भी समझाने में नहीं आयी। जब छोटे को लेने के लिए नशा मुक्ति केंद्र पहुँचे तो उन्होंने भी बहुत

हाँ कहूँ या ना.....?

समझाया। कम से कम तीन महीने रखने की बात कही मगर भगवती ने किसी की भी नहीं सुनी। सुधार केंद्र वालों ने कागजी करवाई पूरी कर दी और उन्हें ये सलाह भी दी कि अगर मरीज की हरकत जरा भी संदेहास्पद लगे तो उन्हें तुरंत सूचित किया जाय और वो अपनी गाड़ी भेजकर उसे फिर से इलाज के लिए अपने यहाँ दाखिल कर लेंगे जैसे पिछली बार एक ही फोन पर उन्होंने किया था।

छोटे के घर आने के बाद कुछ महीने घर का माहौल फिर से पहले जैसा ही अच्छा चलता रहा। छोटे बेटे की नशे की आदत से पीछा छुट गया सोचकर अब भगवती उसे कुछ कामधाम ढूँढ़ने के लिए भी समझाने लगी थी। और बेटा भी माँ की बात समझने लगा था। वो भी काम की तलाश कर रहा था मगर कुछ जुगाड़ हो नहीं पा रहा था। जो भी था, बड़े बेटे और बड़ी बहू, दोनों की आमदनी पर घर ठीकठाक ही चल रहा था।

शायद भगवती के नसीब में अब ज्यादा दिन तक गृहस्थी का ठीकठाक चलते हुए देखना लिखा ही नहीं था।

जब एक दिन शाम को बड़ा वाला मुँह लटकाये घर पहुँचा तो सब परेशान हो गये कि आखिर बात क्या है। समस्या ये थी कि बड़ा जिस कम्पनी में काम करता था वो कम्पनी बिक चुकी थी। नये मालिक ने पुराने कर्मियों को नये सिरे से ... इंटरव्यू पास करने पर ही रखने का फैसला सुनाया था। कौन नौकरी पर रहेगा और किसको निकाल दिया जायेगा, अगले एक हफ्ते में सब कुछ साफ़ होने वाला था। ये सब निकालने का ही एक तरीका था। इस बात को लेकर कोई भी कर्मचारी आवाज नहीं उठा सकता था, क्योंकि उन्हें जो चिट्ठी कम्पनी ने नौकरी पर रखते समय दी थी और जो उसकी हस्ताक्षर की हुई प्रतिलिपि ली थी उसमें कम्पनी ने पहले ही अपनी शर्तें मनवा ली थी। सबकी आवाज दबा दी थी। कम्पनी हित के नाम पर कम्पनी मालिक ने अपना हित साध लिया था।

हफ्ते भर की दिमागी माथापच्ची के बाद आखिर वही हुआ जिसकी पूरी संभावना थी। सत्तर प्रतिशत पुराने कर्मचारी हटा दिये गये। इन हटाये गये लोगों में भगवती का बेटा भी शामिल था।

बेरोजगारी के दौर में जल्दी दूसरी नौकरी मिलना आसान तो था नहीं।

नौकरी की तलाश जारी थी। दोनों ही भाई खोज रहे थे।

परिवार के खर्चे का सारा बोझ अब बड़ी बहू के कंधे पर आ गया। मगर सबसे अच्छी बात ये थी कि बड़ी बहू ने परिस्थियों से लड़ने के सारे गुर अपनी सास से सीख लिए थे। जबकि उसके घर के सामने वाला घर उसका मायका था, फिर भी वो किसी भी स्थिति में सहायता के लिए जाने के सख्त खिलाफ थी। वो अच्छी तरह जानती थी कि अगर वो गयी तो उसे यही सुनना पड़ेगा ... अपने मन की की है तो झेलो, भुगतो ... इसी वजह से वो बिना कुछ कहे सुने ही हर स्थिति से लड़ने के लिए तैयार रहती थी।

घर की सारी व्यवस्था फिर से डगमगाने लगी थी। घर में सभी का मिजाज बदलने लगा था। गुस्सा सब पर हावी होने लगा था। भगवती के बड़े बेटे के मन में पुरुष होने का अलग ही दंभ जागने लगा था। बीवी नौकरी करे घर चलाए और आदमी घर बैठे खाये ... ऐसे विचार उसे और भी गुस्सेल बना रहे थे। माँ बेटों से कुछ कहती तो बेरोजगार बेटे ... कोशिश कर तो रहा हूँ...नहीं मिलती तो क्या करूँ ...जान दे दूँ ...कहकर चिढ़ा हुआ मुँह बनाकर उठकर चल देते और जब छोटी बहू ये सुनती की बड़ी बहू पर ही सब वजन आ गया है तो वो अपने पति को एक मिनट भी चैन से नहीं बैठने देती। जब बड़े की बीवी ड्यूटी से शाम को घर आती तो उसका पति भी अपने पुरुष होने के दर्प में घुटता उससे अच्छा व्यवहार नहीं करता था। इन सब हालातों में सास और बड़ी बहू ही एक-दूसरे को समझती थी और हालात से लड़ने में एक दूसरे को सहारा देती थी।

थोड़ा सुधार हुआ और बड़े को एक काम-चलाऊ नौकरी मिल गयी। मगर ये पहले ही तय था की ये लम्बे समय के लिए नहीं थी। ठेकेदारी रही तो नौकरी रही ... ठेकेदारी गयी तो नौकरी गयी। और बिगाड़ा बहुत ज्यादा ... अब छोटे वाला फिर से अपनी पुरानी चाल पर आ गया। अपनी पुरानी संगत में जा मिला। कुछ दिन पहले तो बड़ा भाई घर पर था तो उससे थोड़ा भय खाता। अब वो भी काम पर जाने लगा था। बीवी का व्यवहार उसे और भी भड़का देता। उसकी लत इस हद तक जा पहुँची कि वो उसी के कान का सोने का जेवर बेच आया। इस बात का पता करीब एक हफ्ते बाद चला, जब वो रोज ही नशे में धुत्त रहने

हाँ कहूँ या ना.....?

लगा। सास के कहने पर ही छोटी ने अपने जेवरों की सुध ली। शक यकीन में बदल गया।

छोटे की हालत को देखते हुए ये तय हुआ की उसे फिर से नशा मुक्ति केंद्र में भेज दिया जाय। पहले वह एक महीने रहा था तो काफी सुधार हुआ था। यदि पहले ही उसका पूरा इलाज किया होता तो शायद फिर से ऐसी नौबत नहीं आती। बड़े बेटे और बहू ने भी सारे खर्चे उठाने की हामी भरी। छोटे को फिर से नशा मुक्ति केंद्र में भेज दिया गया। इस बात को लेकर छोटी बहू इस बार चुप्पी ही साधे रही। उसने अपनी कोई राय नहीं दी।

इस घर का वातावरण बहुत जल्दी-जल्दी बदल रहा था। ऐसा ही कब तक रहने वाला था। अब फिर से बड़े की नौकरी चली गयी। अब तो वो कुछ ज्यादा ही परेशान रहने लगा था। सारा कुछ बड़ी के हाथों में था कि वो ही सँभाले।

इस परिवार की सबसे बड़ी अच्छी बात ये थी कि अभी तक किसी ने भी अलग हो जाने की बात कभी नहीं की थी। घर के अन्दर कुछ भी हुआ हो तीसरे के दखल से परहेज किया था।

गर्मी के दिन थे। भगवती दोपहर को छोटे की लड़की को भी नीचे ही अपने पास ले आती। साथ में खिलाकर सुला देती। वैसे छोटी बहू के बर्ताव में अभी भी कोई ख़ास अंतर नहीं आया था। हाँ बदली थी तो उसकी बेटी की आदत जो बड़े के बेटे की देखादेखी ... सुनासुनी, अपने ताऊ-ताई को मम्मी-पापा बोलना सीख रही थी। वो तो पहले की तरह ही ऊपर ही रहती। अपना और अपनी बेटी के काम के अलावा दूसरे कामों से उसे कोई सरोकार ही न था।

बड़ा घर में बैचैन ही रहता। बाहर जबरजस्त गर्मी पड़ रही थी, कहीं जा भी नहीं सकता था। दोपहर में नींद भी नहीं आती थी। भगवती तो खैर बच्चों के साथ थोड़ी देर के लिए सो जाती। बड़ा वाला इस कमरे से उस कमरे में चक्कर ही काटता रहता। गर्मी की दोपहर ... सुनसानी छा जाती।

सच कहें तो ये सुनसानी बहुत बड़े तूफ़ान के आने से पहले वाली सुनसानी थी।

तूफान आया मगर गया नहीं था या यूँ कहें तूफान छा गया। सभी नये तूफान में घिर चुके हैं इसका पता भी सबको चल गया सिवाय छोटे बेटे को छोड़ कर। हुआ यूँ कि एक दिन बड़ी की तबीयत ऑफिस में अचानक बिगड़ गयी। ज्यादा कुछ नहीं बस चक्कर आ गया था। ऑफिस वालों ने उसे ऑफिस की गाड़ी से घर भेज दिया। जब उसने घर की दरवाजे की घंटी बजाई तो उसकी सास ही दरवाजा खोलने आयी। उसके जल्दी आ जाने पर एक क्षण के लिए घबरा गयी। दोनों ही सास के कमरे में बैठ गये। सास ने ही उसे पानी लाकर दिया। बच्चे भी उसी कमरे में सो रहे थे जिससे की दोनों बात भी धीरे-धीरे हल्की आवाज में कर रहे थे। ताकि बच्चे जाग न जांय। बड़ी ने अपने पति के बारे में पूछा तो सास ने कह दिया ... परेशान है वो भी क्या करे ... अन्दर ही होगा। बड़ी उठकर अपने कमरे के दरवाजे पर गयी, दरवाजे आपस में भिड़े थे, अन्दर से बंद नहीं थे। बड़ी कमरे में दाखिल हुई तो देखा उसका पति अन्दर नहीं था वो फिर से सास के पास गयी, कहा, पूछा ...अन्दर नहीं हैं, कहाँ गये इस समय ... इतनी धूप में। भगवती ने भी मायूसी भरा और बहू को लाड़ जताने वाले अंदाज में जवाब दिया ... बैठे-बैठे परेशान है ... इधर-उधर फोन करता रहता है, किसी ने बुलाया होगा तो चला गया होगा। मुझसे कहा भी होगा तो इस कूलर की आवाज में मुझे सुनाई भी नहीं देता। बहू ने बात मान ली। भगवती ने प्यार से आगे कहा ... बाथरूम में बाल्टी, टब भर के रखे हैं ... बदन में जरा पानी डाल ले फिर थोड़ी देर आराम कर ले ... शाम को फिर से दिखा लाएगी डॉक्टर को। बहू ने भी सब बात मान ली।

नहा-धोकर बड़ी अपने गीले कपड़े सुखाने के लिए ऊपर की बालकनी में गयी, छत पे जाने की उसकी हिम्मत नहीं थी, वैसे भी छत तो तप रही थी। छोटी ने भी ऊपर अपने कमरे में कूलर चला रखा था। खिड़की को चारों तरफ से गत्ते से ढँका था फिर भी गत्ते हवा से फड़फड़ा रहे थे। दरवाजा बंद था। बड़ी, छोटी की इस तरह की बेफिक्री से हैरान थी। पति की तो बात ही अलग है ... बेटी को सास सँभालती है ... आखिर कैसे चैन की नींद आ जाती है। इस बात को अपने अन्दर मथते-मथते बड़ी ने फड़फड़ाते हुए गत्ते की दरार से कमरे के अन्दर की तरफ झाँक ही दिया। बड़ी सीधे नीचे आयी, सास को साथ लेकर गयी सास ने

हाँ कहूँ या ना.....?

भी उसी गत्ते की दरार से कमरे में देखा। सास और बड़ी दोनों ही बेजुबान सी हो गयी समझ नहीं आ रहा था क्या कहें। भगवती के आँसू निकल रहे थे और बड़ी को न जाने क्या हो गया की आँसू भी नहीं निकल रहे थे। कमरे में भगवती का बड़ा बेटा और छोटी बहू थे। भगवती ने कमरे का दरवाजा जोर से पीटा और बड़ी को साथ लेकर नीचे आ गयी।

घर में मुर्दानी मातम सा छा गया। बात ही कुछ ऐसी थी। सहनीय तो बिल्कुल भी नहीं। ऊपर के कमरे में वो दोनों इस तरह मिलेंगे ... किसी की भी

कल्पना से बाहर था। शायद वे सम्भल भी जाते मगर कूलर की आवाज और उनके भीतर बैठे वासना के शैतान ने उन्हें कोई मौका ही नहीं दिया। भगवती और बड़ी नीचे के कमरे में आमने-सामने बैठे जरूर थे मगर ऐसे जैसे की दोनों की जबान काट ली गयी हो ... एकदम चुप। किसी को भी कुछ सूझ ही नहीं रहा था कि कहा क्या जाय। यही हाल पकड़े गये उन दोनों का भी हो गया था। बड़ा नीचे आकर अपने कमरे में कैद हो गया। छोटी अपने कमरे में।

बड़ी और भगवती ने ही हिम्मत दिखाई। दोनों एक दूसरे को इस हद तक समझ चुके थे कि बिना बोले भी एक दूसरे की मनोदशा समझ सकते थे। दोनों इस बात पर राजी हो गये कि किसी भी सूरत में बात घर की दीवारों से बाहर न जाने पाये। सब कुछ सँभालने की एक कोशिश तो करनी ही चाहिए।

अगले दिन बड़ी ऑफिस नहीं गयी। वो अपने को सँभाल नहीं पा रही थी। छोटी इस घटना के बाद से कमरे से बाहर निकली ही नहीं। बड़े ने मौन धारण कर लिया। बच्चे भगवती को सँभालने ही थे। नहीं देखती तो क्या करती। ये सब खिचड़ी कब से ... कैसे पक रही थी, न तो भगवती को ही पता चला और न ही बड़ी को ही। मगर खिचड़ी पक चुकी थी।

इस घटना के बाद खुदखुशी करने तक के विचार सबके मन में आये। मगर कहना, सोचना, आसान करने की हिम्मत किसी में नहीं थी।

घर पर बैठने से तो कुछ होना नहीं था। बड़ी पहले की तरह अगली सुबह ऑफिस चली गयी। उसने अपनी पूरी ताकत झोंक दी थी कि उसके चेहरे से कुछ भी न झलके।

दो दिन की चुप्पी के बाद छोटी ने अपने पैर घर से बाहर निकाल ही दिये। वो अपनी बच्ची को छोड़ कर चली गयी। उसके गायब होने से नयी परेशानी खड़ी हो गयी। किसी से कहें भी तो क्या? तलाशें भी तो कहाँ? भगवती और बड़ी इस बात को लेकर परेशान थी कि कहीं कुछ कर न बैठी हो। छोटा घर पर था नहीं। बात फैली तो ... पुलिस तक बात पहुँची तो ... और वो जो भी सच्ची-झूठी बात कहेगी उसी की सुनी भी जायेगी। गनीमत ये रही कि अगले दिन शाम को छोटी के मायके से उसकी माँ का फोन आया, उसी ने बताया की छोटी उनके यहाँ पहुँच गयी। फोन भगवती के फोन पर आया था। उस समय बड़ी भी ऑफिस से आ चुकी थी। फोन पर छोटी की माँ ने भगवती को सब कुछ जानती हूँ कहकर डरा भी दिया था और उसे अपने यहाँ आने के लिए कहा। अब बात घर की दीवार लांघ चुकी थी। ऐसे में भगवती को अपने पति की बहुत याद आ रही थी। वो अपने तरीके से इस बात का मूल्यॉकन कर रही थी कि एक औरत को आखिर किस हद तक एक पुरुष के सहारे की जरूरत होती है। बड़ा तो कुछ बोलने को तैयार ही नहीं था। दोनों पति-पत्नी तो आपस में बोल ही नहीं रहे थे। भगवती उनके बीच में बिचौलिया थी। बड़े की चुप्पी से परेशान भगवती अपने कमरे में आ गयी। उसके पीछे-पीछे बड़ी भी आ गयी। उस आँखों देखी घटना के बाद से बड़ी अपने कमरे में रही ही नहीं थी। बच्चे तो अपनी दादी के पास ही रहते थे। पहले भी, अब भी।

भगवती और बड़ी में देर तक बातें होती रही। भगवती ने बड़ी के पिताजी या फिर भाई को साथ लेकर छोटी के मायके जाने की बात कही मगर बड़ी इस बात पर बिल्कुल भी सहमत नहीं थी। उसने साफ़ कह दिया ऐसा करने से उसका जीना और भी मुश्किल हो जायेगा। पुरानी बातें, पहले वाला गुस्सा फिर से जाग उठेगा और वे उसे ही सारा दोष देंगे। बड़ी ने सुझाव दिया की भगवती अपने साथ अपने भाई को लेकर जाय। वे सयाने भी हैं और इस बात को शायद दबा भी देंगे। और दोनों ही ये भी जानती थी की घर की बात घर के सदस्य ने ही बाहर पहुँचा दी है अब इस बात को दबाना असम्भव है।

फोन करके भगवती ने अपने भाई को अपने घर बुला लिया और वे आ भी गये। अपनी बहन की सारी बात सुनकर वे भी हैरान थे कि आखिर इतनी

हाँ कहूँ या ना.....?

बड़ी बात सास और बहू निगल कैसे गये। गुस्सा अपनी गलती माननी होगी। पुरानी बात पर मिट्टी डालनी होगी। छोटे को घर लाकर उसकी बीवी को उसको सौंपना होगा मगर छोटे को इस बात का पता नहीं चलना चाहिए कि उसकी गैर मौजूदगी में क्या हुआ था। उन्होंने बड़े ही प्यार से बड़ी के सिर पर हाथ तो फेरा मगर कहते कुछ न बना। उन्होंने ही जैसे-तैसे बड़े को भी मनाया। बड़े ने कहा कुछ नहीं पर उनकी बात सुनकर रोता रहा। उनके साथ जाने को राजी हो गया।

जिस समय वे तीनों छोटी के मायके पहुँचे साँझ हो चुकी थी। अच्छी बात ये हुई की छोटी के मायके वालों ने उनके साथ कोई बुरा बर्ताव नहीं किया था। छोटी के पिता तो सीधे आदमी थे मगर माँ जरा ज्यादा ही तेज थी। रात को सब एक साथ बैठे। सभी इस बात को दबाकर दोनों घरों की इज्जत, गृहस्थी बचाने की बात ही कर रहे थे। जो हुआ सो हुआ, आगे की सुधारने की बात कर रहे थे। तभी छोटी की माँ भी बातों के बीच में अपना काम निबटाकर आ गयी। अपने स्वभाव के मुताबिक वे भी चुप नहीं रही और बोलना शुरू कर दिया ... एक तो तुम लोगों ने हमें ठग दिया ... और हमने तुम्हारे शराबी लड़के को अपनी लड़की दे दी ... अब क्या गारंटी है की वो ठीक हो जायेगा ... हम तो आज तक चुप ही रहे ... नौकरी चाकरी वो करता नहीं ... कैसे पालेगा हमारी लड़की को ... बड़े वाले की तरफ इशारा करते हुए बोली... ये तो दूसरी नौकरी कर लेगा... नहीं भी करेगा तो इसकी बीवी कमाती है ... कोई किसी का नहीं होता ... कल को चली जायेगी अपने खसम का हाथ पकड़ कर कहीं और ... हमारी लड़की का क्या होगा ... अब हम ऐसे में कैसे भेज दें तुम्हारे साथ अपनी लड़की ... एक नशेड़ी, दूसरा चल देगा ... बिल्कुल नहीं भेजते ... ये रखेगा हमारी लड़की को ... लिखकर देगा तभी भेजेंगे। ये सुनकर सब हैरान थे। सबने समझाया छोटी की माँ को कि ऐसा नहीं हो सकता, लेकिन वो लिख के दो की बात पर अड़ी रही। बहुत समझाने पर इतना ही कहा ... छोटी से ही पूछ लो वो क्या चाहती है। छोटी ने भी अपनी माँ की हाँ में हाँ मिला दी। एक पल को सबकी साँसे थम सी गयी।

सुबह की पौ फटने वाली थी। भगवती और उसका भाई यही चाहते थे कि जैसे अँधेरे में यहाँ आये थे वैसे ही अँधेरे में यहाँ से चले जायें। छोटी के पिता की बेबसी को वे समझने लगे थे कि घर में उनकी नहीं चलती। बड़ा अब भी

चुप ही था। भगवती को गुस्सा आ रहा था फिर भी वो गुस्से को दबा कर छोटी की माँ से बोली, बड़े की तरफ इशारा करते हुए... आपको यही लिखवाना है ना कि ये आपकी लड़की को रखेगा ... आपकी लड़की भी राजी है ... ठीक है ... इसे यंही रहने दो, दोनों आपस में बात करके तय कर लेंगे कि इन्हें क्या करना है ... पहले की तरह अपनी-अपनी गृहस्थी में रहना मंज़ूर होगा ... तो ... दोनों को ख़ुशी-ख़ुशी भेज देना ... बाकी तो ये समझदार हैं ही। बड़े को वहीं छोड़ दोनों लौट आये।

घर आकर जब ये सब बड़ी को मालूम हुआ तो वो भी छोटी की माँ की बात सुनकर दंग रह गयी। जब भगवती के भाई अपने घर जाने को हुए तो यही कह गये बस अब एक ही रास्ता बचा है ...छोटे को घर लाकर उसे ही वहाँ भेजा जाय ... शायद बात बन जाये। भगवती अपने भाई को बस स्टैंड तक छोड़ने चली गयी। वो गली में ऐसी घबराई हुई सी चल रही थी जैसे सब उसी को देख रहे हों।

अगली ही सुबह सास और बहू दोनों बच्चों को गोद में उठाये छोटे को लेने चले गये। कारण ये बताया कि बड़े की तबीयत बहुत खराब है और उसे लेकर जाना बहुत जरूरी है। इस बात को सास और बहू के अलावा कोई नहीं जनता था कि सच क्या है। बहू ने कागजी करवाई पूरी की और छोटे को घर ले आये।

घर पहुँचकर जब सारी बात छोटे को मालूम हुई तो उससे न तो बात निगली गयी और न थूकी ही गयी। रात भर अपने बाल नोंचता रहा। रोता रहा। घर के अंदर चक्कर काटता रहा। सुबह वो वहाँ जाने को राजी हो गया। किसी को घर की बात पता न चले उसे समझया गया। और वो भी घर से बनठन के ही निकला।

तीन दिन बाद बड़ी के पास उसके पति का फोन आया। पति की बात सुनकर उसे कोई ख़ास फर्क नहीं पड़ा। फोन पर तलाक की बात कही गयी थी उसके पति द्वारा। जब बड़ी ने छोटे की उसके पास पहुँचने की बात की तो उसने साफ़ मना कर दिया ... यहाँ तो नहीं पहुँचा ... ये सुनकर वो डर भी गया था। रात नौ बजे के आस-पास की बात थी और वो घर पर ही थी। डर तो वो भी गयी थी। बात जब उसने अपनी सास को बताई तो वे भी सुनकार सदमे जैसी हालत

हाँ कहूँ या ना.....?

में आ गयी। सभी एक ही कमरे में थे। बड़े का लड़का अपनी दादी के पास और छोटे की लड़की अपनी ताई के पास लेटे थे। ठीक से तो इनका बचपन भी नहीं चल रह था, फिर भी बचपन था तो किसी अच्छी बुरी बात का पता भी नहीं चल रहा था। भगवती और बड़ी को नींद कहाँ आती। आगे क्या किया जाय का सवाल खाये जा रहा था। बच्चों का मुँह देख-देखकर दोनों रो रही थी। एक दूसरे से बोली तो कुछ नहीं मगर एक दूसरे की सिसकियाँ जरूर सुन रही थी।

तारीफ की बात तो ये थी की दरवाजे से बाहर की दुनिया को इस अन्दर की दुनिया का कुछ भी सच पता नहीं था। किसी बात को छुपाने के लिए जितने भी झूठ बोले जा सकते थे बोले जा रहे थे। सास बहू इस खेल को मिल कर खेल रहे थे। मगर कब तक मैदान में डटे रहते। बात तो घर से बाहर जा चुकी थी। बस फैलाना बाकी रह गया था।

जैसे-तैसे खुद को सँभालती बड़ी ऑफिस चली गयी। घर और बच्चों की देखभाल के लिए नौकरी जरूरी थी। भले ही गुलामी की तरह ही क्यों न करनी पड़े। मगर आफत ने यहाँ भी पीछा नहीं छोड़ा। कम्पनी दिल्ली का ऑफिस बंद कर रही थी। जी.एस.टी. आने के बाद कम्पनी ने अपना सारा काम सेंट्रलाइज कर हैदराबाद के हैड ऑफिस से ही चलाने का फैसला किया था। शहर-शहर फैले छोटी-छोटी शाखाओं को बंद करने जा रही थी। यहाँ रहकर जो दो-चार लोग काम करेंगे वे घर से ही करेंगे। किसी तरह का कोई ऑफिस नहीं होगा। ये बात तो पहले से ही चल रही थी। सभी को बताना मात्र औपचारिकता थी। जब से ये खबर चर्चा में थी, कई लोग नौकरी बदल चुके थे। पता बड़ी को भी था, लेकिन उसकी गृहस्थी की उलझन ने उसे सँभलने का और दूसरी नौकरी खोजने का मौका ही नहीं दिया था। अच्छी बात ये थी कि कंपनी ने किसी को निकाला नहीं था, विकल्प दिया था, जस की तस, सुविधा और सैलरी में जो भी हैदराबाद में नौकरी करना चाहता हो वो वहाँ जा सकता था। दो हफ्ते का समय दिया गया था। सभी को अपना निर्णय कंपनी को देने के लिए कहाँ गया था। ताकि कम्पनी को किसी भी तरह की कोई कानूनी अड़चन का सामना न करना पड़े।

बड़ी ने सास को सारा किस्सा सुनाया। बड़ी उदासी से ... जो उदासी की

अंतिम सीमा तक जा चुकी थी। आगे जाना उसके लिए मुश्किल था। उसके पाँव के नीचे से जमीन और सिर के ऊपर से आसमान सरक गया था।

जिंदगी की हर लड़ाई को सहज होकर झेलने वाली भगवती अन्दर से हिल तो गयी मगर हिम्मत नहीं हारी थी। इस बार वो बाहर की तरफ नहीं बल्कि अंदर की तरफ रोई। चेहरा कठोर बनाकर।

दोनों बेटे घर पर नहीं थे। एक का पता था मगर एक का पता नहीं था।

बात कब तक दबी रहती। भगवती का भाई अपनी बीवी को लेकर उसका हाल जानने आ गया। बात एक मुँह से दूसरे मुँह तक पहुँची और पूरी दुनिया अपने-अपने तरीके से बात को हवा देने लगी। बड़ी का मायका तो सामने वाला घर ही था। उसके माँ-बाप तो चुप ही रहे मगर भाई और भाभी ने ताने भी सुनाये और फ़िक्र भी जताई। तलाक देने को भी दबाव बनाने लगे। जो गली के लोग पहले कभी बोलते नहीं थे वे भी अब आते-जाते भगवती और बड़ी को देख उनका हालचाल पूछने लगे थे।

कुछ दिन पहले जब भगवती अपने भाई को छोड़ने बस स्टैंड तक गयी थी तो उसकी नजर में जो एक चीज पड़ी थी उसे वो याद थी। वैसे ये बात बहुत पुरानी तो नहीं थी मगर जिस चीज पर नजर पड़ी थी वो अवश्य ही बहुत पुरानी थी। चौधरी प्रॉपटी डीलर का बोर्ड, जिसके पास वर्षों पहले भगवती अपने पति के साथ इस मकान की जमीन खरीदने गयी थी। भविष्य की बेहिसाब अच्छी उम्मीदों के साथ।

बड़ी के ऑफिस चले जाने के बाद बच्चों को दोपहर में सुलाकर, घर को बाहर से बंद कर भगवती एक बार फिर से जा पहुँची चौधरी प्रॉपटी डीलर के ऑफिस। उसकी किस्मत ने इस बार उसका साथ दिया था। उसे ऑफिस में वही मिला जिसकी उम्मीद उसने की थी। वही पुराना डीलर ... समय के साथ बूढ़ा हो चुका। वो भगवती के पति को अच्छी तरह से जानता भी था और उनकी सज्जनता के लिए मानता भी था। पूरी तरह से ना सही, सुनी-सुनायी ही सही, वो अभी के हालात को थोड़ा बहुत तो जनता ही था। बाकी रही सही कसर भगवती ने बताकर पूरी कर दी। भगवती उसके पास मकान बेचने की बात को लेकर

हाँ कहूँ या ना.....?

गयी थी। मगर एक शर्त के साथ ... कि ये बात किसी को भी पता न चले। जो भी कीमत लगायेंगे भगवती को मंजूर थी। मकान के कागज़ भगवती साथ ही लेकर गयी थी। डीलर ने मज़बूरी का फायदा तो उठाया मगर हद से ज्यादा नहीं। लेकिन उसने भी एक शर्त रख दी कि रुपये अभी नहीं हैं। भगवती को अपना खाता नम्बर देना होगा वह उसमें तभी रुपये जमा करेगा जब मकान का खरीदार मिलेगा। भगवती ने सारी बातें मान ली, बस इतना ही कहा कि जब तक वह इस घर में है तब तक वो किसी को भी मकान दिखाने न लाये। दोनों ही अपना-अपना हित साधने के लिये मजबूर थे। दोनों ने ही एक दूसरे की बात मान ली।

रात को बड़ी को सारी बात बताई गयी। बड़ी को कुछ कहते नहीं बना। भगवती ने उसे समझया कि कल वो अपने ऑफिस जाकर बताये कि वो हैदराबाद जाने के लिए तैयार है। बस उसे वहाँ अपनी गृहस्थी जमाने के लिए एक हफ्ते की छुट्टी की जरूरत है। ये उनका आखरी दाँव था। बहुत कुछ तो उजड़ ही चुका था। बच्चे थे जिनके लिये जीना था। होंठ सिये बड़ी आँसू बहाती रही।

ऑफिस ने जो दो हफ्ते का समय दिया था अब वो भी घट कर दस दिन ही रह गया था। हैदराबाद जाने के लिये केवल वही लोग तैयार हुए थे जो अपने घर के नजदीक जा रहे थे। बस एक बड़ी ही थी जो दूर जाना चाहती थी। उसके फैसले को लेकर जब बाकी लोगों ने उससे पूछा तो वो जितना हो सकता था झूठ बोली, बहाने बताये। जो वहीं के रहने वाले थे उनसे मदद माँगी। रहने का जुगाड़ बिठाया। एक पता निश्चित किया जहाँ वो सीधे जा सके। उसे मदद मिल भी गयी। ऑफिस में उसकी निजी जिंदगी के बारे में जानने वाले कम ही थे। जो थे वे पहले ही नौकरी बदल चुके थे। ऑफिस से उसकी छुट्टी मंजूर भी हो गयी। उसी दिन भगवती भी डीलर के ऑफिस जाकर कागजों पर हस्ताक्षर कर आयी थी। अपना खाता नंबर भी दे आयी और कुछ नकदी ले भी आयी थी। और सबसे जरूरी चीज ये कि उस ताले की एक चाभी भी जिसको घर के मैन दरवाजे पर लगाना था।

सास बहू इस सब पर दुखी तो बहुत थे मगर उनको सुकून से जीने का इससे सरल उपाय कुछ और सूझ ही नहीं रहा था। भगवती ने बड़ी से साफ़-साफ़ कह

दिया था कि उन्हें पिछला सब कुछ भूल कर यहाँ से निकलना है। इस घर से निकलने के बाद उनकी पहचान सास बहू नहीं बल्कि माँ-बेटी की होगी। उसने बड़ी से ये भी कहा ... रेल की हो चाहे जहाज की ... जो भी टिकट मिले ... मगर सुबह-सुबह की होनी चाहिए। हो सके तो किसी ऑफिस के गाड़ी वाले से मदद माँग लेना सुबह-सुबह यहाँ से निकलने के लिए।

दोनों ही जरूरी कागज़, जेवर, और कपड़ों के अलावा कुछ नहीं ले जायेंगे की बात पर सहमत हुए थे। बाकी जस का तस छोड़कर जाना था।

अगले दो दिन बड़ी घर पर ही रही। उसकी माँ, भाभी भी उसके पास आयी। घर में सब कुछ सामान्य ही दिखा सबको। उनकी तैयारी की भनक तक किसी को नहीं लगी।

इस कहानी में सिवाये एक पात्र भगवती को ही नाम दे पाया। ऐसा क्यों? ठीक-ठीक मैं भी नहीं बता सकता। ये आप पर छोड़ता हूँ, आप जो चाहे नाम दें इस कहानी के पात्रों को। बड़े ने, छोटे ने, क्या किया होगा? उनका क्या हुआ होगा? ये भी आपके विवेक पर छोड़ता हूँ। मैं तो उन्हें अपनी कहानी की पाबंदी से पहले ही आजाद कर चुका हूँ। जिनको थामे रखा उन्हीं के लिए राह निकालने की कोशिश में लगा हूँ।

रात भर भगवती और बड़ी के मन में उथल-पुथल चलती रही। दोनों जानती थी वे जो भी कर रही थी ठीक कर रही थी। उनका जाना ही ठीक था। ये सब मानसिक दबाव से पीछा छुड़ाने का एक ही तरीका था। वे तो बस जाते समय गली मुहल्ले के जुलूस से बचना चाहते थे।

अगली सुबह चार बजे एक टेक्सी उनके दरवाजे पर लगी और भगवती ने दरवाजे पर ताला लगाकर इस घर को आखरी नमस्कार किया। बहू, दो बच्चों को साथ लेकर अगले सफर के लिए निकल गयी।

•••

हाँ कहूँ या ना.....?

www.ingramcontent.com/pod-product-compliance
Lightning Source LLC
Chambersburg PA
CBHW031152160726
47992CB00006B/2424